Judith fév. 2015
—cadeau de Chantal
et André—

LE PÈRE ADOPTÉ

À huit ans, Didier van Cauwelaert reçoit son premier refus d'éditeur. *Vingt ans et des poussières*, qu'il publie douze ans plus tard, lui vaut le prix Del Duca. Suivront le prix Roger-Nimier en 1984 pour *Poisson d'amour*, le prix Goncourt en 1994 pour *Un aller simple*, le Molière 1997 du meilleur spectacle musical pour *Le Passe-Muraille*, le Prix du Théâtre de l'Académie française... Les combats de la passion, les mystères de l'identité et l'irruption du fantastique dans le quotidien sont au cœur de son œuvre, toujours marquée par un humour ravageur.

DIDIER VAN CAUWELAERT

Le Père adopté

ROMAN

ALBIN MICHEL

La première fois que tu es mort, j'avais sept ans et demi. J'étais rentré plus tôt que prévu d'un anniversaire et j'avais entendu ta voix, dans votre chambre :

– De toute façon, le jour où je ne peux plus marcher, je me tire une balle dans la tête. Vous n'allez pas me pousser dans un fauteuil roulant, non ? Je ne veux pas infliger ça à Didier.

Tu ne tenais déjà quasiment plus debout, entre tes cannes anglaises. Et pourtant j'ai souri, dans la montée des larmes. C'était bien toi, ça. Le sacrifice égoïste. Tant qu'à faire, j'aurais préféré pousser un fauteuil roulant plutôt que marcher derrière un cercueil. Mais c'était ta vie, tu avais choisi. Et je connaissais ton caractère : ce n'était pas la peine de plaider ma cause. C'était toi, l'avocat.

J'ai pris le deuil, ce jour-là, en décidant de devenir écrivain. Tu m'avais déjà passé le virus de l'imaginaire, avec les feuilletons à dormir debout que tu me racontais chaque soir au coucher. Quel plus beau métier que de construire des histoires, bien tranquille dans sa chambre, sans patron ni collègues ni clients sur le dos ? La vie était mon premier terrain d'écriture : j'y testais mes fictions, les peaufinais, les adaptais en fonction des réactions suscitées. Pour préparer mes contemporains à devenir mes lecteurs, je les transformais tout d'abord en cobayes. Je mentais avec une rigueur extrême, je m'inventais selon mes interlocuteurs des vies différentes que je notais sur des fiches pour ne pas me tromper ; je confondais sciemment la création littéraire et la mythomanie.

Mais là, d'un coup, il fallait que je me prépare à devenir chef de famille. Si tu te donnais la mort, il fallait que je gagne ma vie à ta place, que je rapporte à la maison des droits d'auteur avec ce que tu m'avais d'ores et déjà légué : l'envie de secouer les gens en les faisant rêver, de marier l'humour à l'émotion, l'absurde à l'évasion, de « faire rire en donnant de l'air », pour reprendre l'une de tes expressions favorites. Influencé par tes goûts, je me lançai alors dans un genre littéraire que je pensais, en toute simplicité, avoir inventé : le thriller psychologique et social à base de satire sexuelle. J'appelais ça « études de mœurs ». Un tiers Simenon, un tiers San-Antonio, un tiers toi. Pour me donner du courage, j'écrivais sur la première page de mon cahier, avec des guillemets, ce qu'en dirait la presse : « Très nouveau, excellent, commercial. »

Je savais bien que tu étais né pour être artiste, mais que les circonstances – orphelin de guerre, soutien de famille, victime de trahisons multiples – ne t'avaient pas permis de faire carrière avec ton imagination. Alors je reprenais le flambeau. J'essayais de réaliser ton rêve d'enfance, avant que tu te suicides, pour que tu partes content. Disons, avec un regret en moins. La certitude que tu allais me quitter très vite, la sensation raisonnée de t'avoir déjà perdu, à titre préventif, m'ont fait entrer en vie active à sept ans et demi. Arrêt des devoirs scolaires, dix pages par jour dans mon cahier à spirale ; un roman par semestre. Les perturbations de Mai 68 me permirent de respecter mon planning. Dans mes cauchemars apprivoisés, j'assistais une ou deux fois par semaine à tes funérailles avec, au lieu du traditionnel brassard noir, une bande rouge marquée « Prix Goncourt ».

Un psychanalyste pour enfants aurait sans doute jugé que la raison première qui me faisait écrire *à ta place* était la culpabilité. C'est à cause de moi que tu avais eu ton accident, peu après ma naissance. Tu étais tellement pressé de me rejoindre que, sitôt finie une plaidoirie-marathon à l'étranger, tu avais sauté dans ta voiture malgré la fatigue, et tu t'étais endormi au volant. Cinq tonneaux dans un ravin du haut Var, des contusions multiples, une épaule déboîtée que tu t'étais remise en place pour marcher trois kilomètres avant de trouver du secours. Malheureusement, on n'avait pas détecté la fêlure de ta tête de fémur, et, depuis, ta jambe droite te tuait de douleur au fil des années en rétrécissant. Tu n'en pouvais plus, je te comprenais ; j'avais par avance excusé ton suicide annoncé. Chacun de mes romans commençait par la même dédicace : *A la mémoire de mon père, qui a mis fin à ses jours. Je ne t'en veux pas et je t'aime.*

Et puis voilà, tu as survécu près de quarante ans à cette première mort, grâce à un miracle chirurgical qui effaça, en septembre 1969, les huit centimètres de différence entre tes deux jambes. Il me restait la littérature. Mais le pli était pris : j'avais trop travaillé le rôle pour cesser tout à fait de me sentir orphelin. Orphelin de ton vivant. Comme ces gens qui ont perdu vingt kilos, dont tout le monde admire la ligne, et qui continuent pourtant à se comporter comme s'ils étaient toujours gros.

Rançon de ce deuil au long cours rythmé par tes opérations, tes maladies, tes guérisons, tes exploits en apnée, en tennis, en ski de fond, tes dépressions et tes renaissances, toute cette épuisante force morale qui avait raison de tes divers handicaps : lorsque j'ai fini par te perdre, ce 30 septembre 2005, l'année de mes quarante-cinq ans, j'ai cessé brutalement de vivre avec l'idée de ta mort chevillée à mon âme. Comme si tu étais devenu, à titre posthume, un vivant à part entière.

*

A tes obsèques, ton chirurgien et tes médecins qui, pas rancuniers, étaient tous devenus des amis malgré le défi que tes survies lançaient à la science, échangeaient leurs commentaires sur tes radiographies. Personne ne comprenait comment tu avais pu encore marcher, nager, danser, avec tes trois prothèses et ta maladie de Forestier, cette calcification intense qui soudait tes vertèbres hérissées de becs de perroquet. Première réussite française de la greffe de la hanche, tu as longtemps fait à ton insu, avec tes radios, l'ouverture des congrès de chirurgie orthopédique. Pour ses trente-six ans de longévité, ta tête de fémur en duralumin méritait d'entrer dans le Guinness des records. Mais ton dermato n'était pas en reste, côté hommage : les derniers temps, tu avais réussi à faire disparaître, il ne savait comment, une mycose incurable qui te ravageait les ongles depuis la Seconde Guerre mondiale.

– Au moins, disais-tu sans fausse modestie, je mourrai les mains propres.

Sur le parvis de l'église comme au cimetière, l'éloge funèbre qui revenait le plus souvent, quelles que soient les générations, était une question déchirante : « Qui va me faire rire, maintenant ? » Cabot envahissant, désopilant, incontrôlable, égocentrique et d'une générosité prodigieusement efficace, tu avais traversé le siècle en convertissant toujours tes drames en élan vital, tes souffrances en énergie positive, ta dépression chronique en humour ravageur, et ta part de folie congénitale en rigueur professionnelle.

Avocat scrupuleux et clown infatigable, héros de la guerre antimilitariste, homme de droite vénéré par les communistes depuis l'Occupation, défenseur du Syndicat des transports en commun niçois durant des décennies, grand propriétaire terrien et réformateur des statuts du fermage, adulé par les paysans de la plaine du Var que tu avais sauvés par une jurisprudence (grâce à toi, lorsque le bailleur voulait leur reprendre ses terres pour les vendre à un promoteur, ils étaient désormais indemnisés sur la base du mètre carré constructible et non plus agricole), athlète réparé sous toutes les coutures, telles ces créatures bioniques auxquelles tu t'identifiais dans les séries télé des années soixante-dix – *Super Jaimie* et *L'Homme qui valait trois milliards* –, tu es resté jusqu'au bout conforme à tes paradoxes, fidèle à tes qualités comme à tes défauts, tournant en dérision tout ce qui te faisait de la peine. « Je suis un esprit libre qui a besoin de quelqu'un pour enfiler ses chaussettes. » C'était ton cri de guerre de vétéran démobilisé, toujours prêt à reprendre du service pour voler au secours des moins handicapés que toi.

Grande gueule et mur de silence, courant d'air et monolithique, invulnérable et trop sensible, redresseur

e torts et ployant sous l'injustice, tu as fini par te
fabriquer un cancer de colère pour une histoire de voisinage en Savoie, une servitude de passage indûment
contestée. Trahi sur ton propre terrain par l'incurie
d'une consœur, tu as vécu tes derniers mois dans un
combat de paperasses, de procédures et de pièces à
conviction antédiluviennes. Des mois d'obsession
furieuse et de ressassement parano : les actes de propriété du XIXe siècle que tu avais exhumés, et qui léga-
lement te donnaient raison de manière indéniable,
pourquoi donc ton avocate avait-elle renoncé à les produire dans ses conclusions, sous l'aberrant prétexte que
les photocopies n'étaient pas très lisibles ? Toujours
porté par tes victoires au service des autres, tu as été
laminé par la défaite inexplicable ou volontaire de ceux
qui prétendaient défendre tes intérêts. En perdant ton
procès, tu t'es perdu toi-même.

Les germes de la trahison, présents autour de toi tout
au long de ta vie, ont fini par avoir raison de tes anticorps : la fantaisie, le détachement des choses maté-
rielles et la force du pardon. Je n'ai rien pu faire. Moi
qui ai toujours essayé de rallumer ton soleil quand il
menaçait de s'éteindre, mes tentatives pour dissiper les
ténèbres de rage dans lesquelles tu t'enfonçais de toutes tes dernières forces n'ont fait que raccourcir tes
jours. Tu ne te sentais plus compris. Tu ne voulais plus
être distrait de cette ultime bataille. Tu ne voulais plus
être soutenu. Pas comme ça. Tu ne voulais pas de mes
conseils, tu ne voulais pas que je te raisonne ; tu voulais
une décision de justice. Finalement tu l'as eue : tu as
gagné en appel. A titre posthume.

Là où tu es, j'espère que tu es content. Tu nous as
assez bassinés avec cette histoire. Et si tu n'es pas

content, si tu t'en veux, pardonne. Et redeviens toi. S'il te plaît. Tu as été un homme trop merveilleux pour laisser le sillage d'un vindicatif obsédé par l'accès en voiture à sa résidence secondaire.

– Si ça ne t'ennuie pas, l'été, je ferai semblant de t'aimer moins. A Pâques, aussi.

– OK, papa. Sans problème.

Toute mon enfance, ce fut entre nous comme un contrat de confiance. Une connivence de plus. Le restant de l'année, je t'avais pour mon usage personnel, mais tout changeait quand arrivaient les grandes vacances et la semaine sainte. Nous allions en Savoie, dans une ville de cure où les eaux radioactives étaient seules à même de calmer tes douleurs. C'est là que tu faisais venir ta première famille : mes demi-frères et sœur de Paris, avec leurs enfants. Toutes les heures que tu ne passais pas dans les boues thermales, tu les leur consacrais. Moi, j'étais le figurant des vacances. L'artiste de complément. J'adorais ce rôle. Je me prenais pour Hitchcock traversant ses films incognito, lors de brèves apparitions aux côtés de ses personnages.

Tu aimais tellement tes enfants précédents, ils te manquaient tant que, moi dont tu disposais à plein temps, tu affectais devant eux de me traiter avec une désinvolture moqueuse, les prenant à témoin de mes maniaqueries de gratte-papier. Je subissais, stoïque. Vos retrouvailles, cette vie de famille dont je me tenais scrupuleusement exclu après l'avoir permise, je me disais avec une jubilation gourmande que j'en étais le metteur en scène. De toute façon, j'avais la grosse tête, à sept ans. Elle n'a cessé de réduire, depuis. Mais, grâce à ma composition de mal-aimé volontaire exilé au grenier, j'avais tout loisir de me consacrer à la littérature.

*

Je griffonne ces lignes sur ma vieille table en noyer patinée par quarante ans d'écriture, tandis que nous vivons peut-être, cette maison et moi, nos dernières heures communes. Cet après-midi, j'irai dégager la forêt vierge du jardin pour les visiteurs de l'agence immobilière. C'est mon ultime lieu d'enfance. Le reste, vendu, détruit, remplacé, n'existant plus que dans mon souvenir, ne craint pas l'usure, l'abandon, les changements de voisinage…

Je me sens toujours aussi bien, dans cette maison de Savoie, mais c'est un crève-cœur. Je n'y viens presque plus, je me suis aménagé d'autres tanières d'écrivain – pourtant notre lien à distance est toujours aussi fort. Je lui dois l'un des seuls rêves prémonitoires de ma vie, il y a une vingtaine d'années : dans mon cauchemar, je suis en train d'écrire au grenier, mais l'énorme noyer du voisin ne vient plus caresser mes vitres avec ses branches. En revanche, le bruit d'une pompe électrique perturbe le silence, et finit par me réveiller. Quelques mois plus tard, le voisin tronçonnait le noyer pour creuser une piscine.

Cette maison m'appelle au secours, périodiquement. Je la sens lasse de mon absence. La famille n'y vient plus, ma mère lui en veut ; les murs ont sans doute besoin de sang frais, de nouveaux rêves, de vie à plein temps…

A mon cœur défendant, j'ai fini par reconnaître l'évidence : le lieu de ta résurrection est devenu la cause de ta mort. Tu y avais fait tes premiers pas, en 1969, après ton opération, tandis que je te soutenais, si fier d'inverser les rôles, de te donner confiance en tes jambes. C'est dans cette maison que tu as réappris les escaliers, le bricolage et la joie de vivre. Trente-cinq ans plus tard, tu y as renoué avec la colère, l'impuissance, la dépression et l'enclavement, face au jeune couple ayant succédé, côté rue, aux vieux paysans avec qui tu avais partagé un demi-siècle d'amitié profonde et de servitude de passage.

Cette vieille bâtisse ventrue coincée au fond d'une impasse, avec son petit jardin triangulaire envahi par les arbres du château mitoyen, je l'ai aimée plus que tout. C'était ma maison-vacances, mon grenier d'écriture à boules Quies censées étouffer les jeux de mes neveux et nièces, qui vociféraient dans l'escalier malgré l'écriteau « JE TRAVAILLE » accroché à la rampe. C'était ma maison-bureau où, l'été de mes huit ans, je reçus pour la première fois, en recommandé, ce que j'appelais pompeusement « mes épreuves » – en fait, le texte de mon roman dactylographié par ta secrétaire.

Comme déjà mes brouillons étaient raturés à l'extrême, je les enregistrais sur cassettes, en changeant d'intonation pour indiquer la ponctuation, l'orthographe et le caractère des personnages (*La victime s'appelait Wladimir – avec un W, madame Vandromme, merci –, point, à la ligne, ouvrez les guillemets. « C'est un membre du KGB » – en initiales majuscules avec*

16

note en bas de page : « police secrète de l'URSS » –, fermez les guillemets, virgule, grommela l'inspectrice, point, sautez trois lignes.).

Chère madame Vandromme, qui durant dix ans tapa gratuitement des milliers de pages, en cachette de son employeur. Et en plus, je l'engueulais en lui renvoyant mes corrections. « Mais bon Dieu, madame Vandromme, allez à la ligne quand je vous le demande ! Et laissez des blancs, enfin ! » Comme elle utilisait tes fournitures de bureau pour ce travail au noir, elle économisait le papier, rognant sur les marges et les espaces pour te coûter moins cher. Résultat : mes tapuscrits ressemblaient à des minutes de tribunal. Les pages étaient des pavés indigestes et, lorsque les éditeurs commencèrent à refuser mes romans ainsi compactés, j'accusai bien sûr la présentation de Mme Vandromme qui, pour ne rien arranger, avait la fâcheuse habitude de corriger mes jeux de mots en bon français.

Avec son maintien sévère de Nordiste exilée au soleil, ses robes noires à col de dentelle et son dévouement pointilleux, ta secrétaire vivait une sorte de double vie sous les écouteurs qui la reliaient à mon magnétophone, allant jusqu'à oublier les clients dans la salle d'attente. Il m'arrivait de l'observer en catimini tandis qu'elle souriait, qu'elle s'inquiétait ou qu'elle s'offusquait au son de ma voix enregistrée. C'était mon premier public.

Tu mis trois ans à découvrir le secret de notre collaboration clandestine. Par orgueil et prudence, j'envoyais à ton insu mes romans aux éditeurs, attendant une acceptation pour te faire la bonne surprise – soucieux de réaliser le rêve de ta vie, je ne voulais pas que tu te décourages : je t'épargnais les refus. C'est en ouvrant un jour une enveloppe à l'en-tête des Editions Gallimard, qui avaient omis de préciser mon prénom sur leur retour à l'envoyeur, que tu es tombé sur l'un de mes manuscrits. A ta réaction de surprise (« Mais… c'est Didier ! ») a succédé aussitôt la voix du soupçon (« Mais… c'est ma machine à écrire ! »). Cent fois, je t'ai entendu raconter cette scène à des amis. Tu as toujours été un tel comédien que je n'ai jamais su si ton étonnement à l'ouverture de l'enveloppe était sincère, ou si tu assistais en douce, depuis le début, au détournement de ta secrétaire.

– Je vous promets que j'ai gardé le secret : il ne s'est jamais rendu compte de rien, m'assurait Mme Vandromme avec une dignité péremptoire.

Quoi qu'il en soit, à compter de ce jour, son activité parallèle au service de mes thrillers d'enfance envenima quelque peu vos rapports. Toujours impatient dans le travail, tu jaillissais de ton bureau avec une liasse de feuilles :

– Madame Vandromme, tapez-moi en urgence les conclusions dans l'affaire Barelli.

– Un instant, maître : je termine le chapitre de Didier.

Un des rares procès que tu aies perdus dans ta vie, il parut ainsi que c'était de ma faute : les conclusions avaient été transmises trop tard au tribunal.

– Que voulez-vous, t'avait répliqué ta secrétaire dans l'intention peu efficace de me disculper, il y avait trop de suspense ; je voulais savoir la suite.

Conséquence : l'année de mes quinze ans, tu m'offris une machine à écrire. Le message était clair : il était temps que je m'émancipe. Mais le chômage technique auquel fut ainsi réduite Mme Vandromme, dans son travail bénévole, se répercuta sur son humeur.

– Allez, donne-lui le prochain, me glissas-tu un jour, excédé de subir la soupe à la grimace derrière la cloison de verre qui isolait ta secrétaire de la salle d'attente.

– Que voulez-vous, maître, soupirait-elle d'un air fataliste. Avec Didier, au moins, on s'évade. Et puis il me fait rire, lui.

Je pense honnêtement que la seule femme de ma vie qui t'ait rendu jaloux de moi, c'est elle. Vous aviez le même âge et elle t'a survécu. A quatre-vingt-dix ans et des poussières, c'est ma plus vieille compagne de route, le dernier témoin de mes débuts, hormis ma mère qui, elle, n'a jamais été ma groupie – pour mon bien, me disait-elle, et je l'en remercie. Mais, à chacune de mes parutions, quand je signe mon service de presse, le premier exemplaire de mes romans est toujours pour Mme Vandromme. Sa fille et son gendre, l'un des organisateurs du Festival du livre de Nice, me font l'amitié de croire que c'est grâce à moi qu'elle est demeurée inchangée, de roman en roman, attendant le suivant avec la sensation – justifiée – qu'une part d'elle-même contribue toujours au travail de mon imaginaire.

Elle a répondu à chacun de mes envois. Mais déontologiquement, j'imagine, c'est toujours à toi qu'elle adressait le courrier (« Cher maître, je vous remercie pour le livre que Didier m'a si gentiment dédicacé… »).

Aujourd'hui, c'est à ma mère qu'elle écrit.

Cette maison, donc. Cette maison où mes histoires voyaient le jour, prenaient leur envol et me revenaient sous forme d'« épreuves », sur lesquelles je traquais les coquilles et les corrections vandrommesques. Cette maison pleine de monde et de vacarme où, dans mon grenier-bureau transformé en dortoir, je découvrais la solitude. La vraie. L'entourée. Où j'apprenais à m'isoler des autres, moi qui faisais chambre à part onze mois sur douze – « demi-fils unique », tel que je m'intitulais. Cette maison vibrante de rires et de jeux que j'essayais d'étouffer avec mes boules Quies, ou auxquels je participais dans l'intention de canaliser les énergies et d'avoir la paix ensuite.

Ne pouvant réduire au silence mes neveux et nièces, je les dialoguais. Je scénarisais les films de super-huit et tu tenais la caméra, déplorable opérateur qui nous fournissait toujours une image tremblée, tellement tu te marrais en nous filmant, déguisés avec tes complets-veston retroussés en mafiosi belliqueux s'entretuant pour les beaux yeux d'Adeline, ta première petite-fille, que je distribuais dans tous les personnages féminins – tantôt mamma cacochyme coiffée d'un filet à provisions, tantôt vamp siliconée au corsage gonflé par des rouleaux de papier-toilette.

Cette maison où sans cesse je passais d'un camp à l'autre, alternant les jeux d'adultes et les jeux d'enfants, supervisant l'imaginaire des petits et tentant de m'insérer dans celui des grands lorsqu'ils redevenaient des mômes. Cette maison où résonnent encore, mêlées à nos fusillades enfantines, les loufoqueries pince-sans-rire où tu entraînais Claude, Thierry, François et les deux Catherine, enchaînant parodies de débats politiques, fausses pubs, imitations de chanteurs et soirées œufs-de-Pâques.

Dans la salle à manger transformée en atelier de peinture, une fois les gamins couchés, tu passais tel Rembrandt d'un élève à l'autre, essayant d'initier tes quatre enfants à l'art subtil de la caricature sur coquille. On y mettait tant d'aquarelle et de marqueur indélébile que le lendemain matin, après la cérémonie de « chasse à l'œuf » que tu lançais en réveillant la marmaille à coups de cloche à vache, ta belle-fille nutritionniste découvrait avec horreur que les couleurs avaient traversé la coquille. Du coup, elle interdisait aux mineurs la consommation des œufs durs qu'ils avaient débusqués dans les recoins du jardin, ce qui avait pour seul effet d'augmenter, sous l'excitation de la Prohibition, la consommation clandestine des œuvres d'art ovoïdes produites sous ton contrôle. Moi qui voulais toujours être précoce en tout, j'étais très fier de mon taux de cholestérol. Je te faisais honneur.

J'étais si heureux, finalement, de ces perturbations estivales et pascales dans mon planning d'écriture qu'à chaque séjour en Savoie, le matin où devait arriver ma « demi-famille », j'allais installer un poste d'attente en haut de l'impasse – là même où les voisins d'aujourd'hui prétendaient construire un mur pour t'enclaver définitivement. Assis au bord de la chaussée devant ma mini-table ronde sur ma mini-chaise paillée, avec mon « jeu d'épreuves », mon stylo rouge pour corriger les fautes et mon *Mickey Parade* en cas de fatigue, je guettais entre deux phrases le bout de la longue ligne droite où apparaîtrait soudain, en provenance de Paris, la Renault de l'un ou la Citroën de l'autre.

Tous les quarts d'heure, tu venais faire le pied de grue avec moi, interrompant la préparation du barbecue pour relancer nos paris sur l'ordre d'arrivée de tes grands enfants. Gêné par l'indifférence que tu feindrais de me témoigner les jours suivants pour te consacrer à eux, tu t'efforçais de prolonger notre connivence encore quelques minutes, au bord de la route, mais j'appliquais déjà ta règle du jeu et je ne te répondais que par monosyllabes. C'était si bon de jouer au mal-aimé cinq semaines par an, pour retrouver ensuite avec délices ma solitude sur mesure et ta complicité exclusive. Tes « grands » avaient tellement souffert de la séparation de leurs parents, disais-tu, que je m'en sentais un peu coupable, même si j'étais né six ans après ton divorce. J'adorais cette culpabilité, à la fois source d'inspiration et argument promotionnel – lequel était largement développé dans les interviews que je répétais dans ma tête, me préparant dès neuf ans à l'émission *Radioscopie*. Chaque après-midi, tandis que je l'écoutais sur France Inter, je notais dans un carnet les questions qui revenaient le plus souvent dans la bouche de Jacques Chancel, et je peaufinais mes réponses pour ne pas être pris de court, le jour où je serais publié.

– Didier van Cauwelaert, comment devient-on Didier van Cauwelaert ?

– Eh bien, Jacques, c'est long. Il faut d'abord connaître l'injustice : celle dont on est la victime et celle dont on est la cause, même si on ne l'a pas fait exprès.

Le jour où, une décennie plus tard, à ma première parution, j'ai sorti soudain au micro de Jacques Chancel cette réponse extrêmement rodée, sur le ton de gravité qui était celui de mes dix ans, je suis parti sans transition dans un fou rire que le journaliste s'est efforcé de meubler avec tout le talent qu'on lui connaît. C'était un rire bizarre, oppressant, presque malheureux, comme le relâchement brutal de la tension nerveuse qui m'avait jeté en vie active à l'âge où les autres jouaient aux billes. Je n'ai jamais été un surdoué. Un exploité, oui. Je me suis exploité sans relâche, comme un mineur de fond, et je continuerai jusqu'à ma mort, jusqu'au fond de la mine. C'est mon destin, ma règle du jeu, mon devoir. Le reste n'est que le produit de mes choix, indépendant de ma volonté.

*

Les séjours en Savoie présentaient un autre avantage, d'ordre documentaire cette fois. Notre jardin donnait sur le parc de l'Eau Vive, le château qu'avait habité Daniel-Rops, de l'Académie française. A l'occasion de la taille du noyer limitrophe, j'avais lié connaissance avec sa veuve, Madeleine. Entre deux *Mickey Parade*, j'avais lu *Mort, où est ta victoire ?* – le pavé qu'elle t'avait offert en édition cartonnée, pour compenser les dégâts infligés par son élagage à nos hortensias – et je passais à ses yeux pour le dernier spécialiste vivant de son mari que personne ne lisait plus. Je n'avais pas compris grand-chose, mais je lui faisais des citations. En échange, elle me racontait par-dessus le mur de clôture leur vie conjugale, d'où je tirais des enseignements précieux sur ce que devait être le comportement social et affectif d'un écrivain.

Romancier historique spécialisé dans le Messie (un confrère jaloux de ses tirages, effleurant un jour le vison neuf de Madeleine, murmura d'un ton connaisseur : « Doux Jésus… »), Daniel-Rops, né Henri Petiot, éminence grise de la vulgarisation sacrée, n'avait pas grand-chose en commun avec Frédéric Dard, alias San-Antonio, l'autre figure légendaire sur laquelle je calquais à l'époque ma personnalité d'enfant de lettres. En fait, ce que j'aimais surtout chez Daniel-Rops, c'était son bureau. Un vieux pavillon en arcades, à l'écart du château, où une immense table de monastère partageait l'espace avec des carapaces de tortues – sa passion.

J'avais demandé à sa veuve l'autorisation de voir un vrai bureau d'écrivain, en lui expliquant que moi aussi « j'étais de la partie ». Elle avait consenti, avec un sourire en coin, et s'était attardée sur le seuil pendant que je me recueillais devant la table de travail restée « en l'état ». Mon émotion était aussi sincère qu'appuyée, et Madeleine me permit de revenir quand je voudrais, mon manuscrit sous le bras.

De retour chez mes parents, une part de moi-même continuait à vivre de l'autre côté de la clôture. J'avais trouvé mon logement de fonction. Chez Daniel, j'étais dans mes rêves ; j'étais dans mes meubles. Ça valait bien la peine, malgré ses quatre-vingts ans, de faire la cour à sa veuve.

Quand Madeleine Rops nous invitait à prendre le thé (j'avais droit d'office à la formule chips et Coca), elle laissait passer un quart d'heure de conversation générale, puis elle me lançait :

– Tu peux aller jouer.

Ça voulait dire « jouer à être mon mari ». Elle joignait à sa phrase un clin d'œil d'une discrétion ostentatoire, qui trahissait notre intimité. Je te sentais agacé par cette connivence avec une tierce personne, et j'en étais fort aise : moi aussi, j'avais mes relations de vacances ; tu pouvais retourner t'occuper de tes autres enfants.

– Je la trouve un peu malsaine, disais-tu à maman.

Laquelle n'était pas dupe de ton irritation. Elle savait bien que la veuve de l'académicien n'avait rien de pédophile ; c'est moi qui étais gérontomane. Pour l'amour d'un bureau.

Je traversais le parc à la française jusqu'au pavillon dont Madeleine m'avait donné la clé. J'entrais, je caressais les carapaces géantes d'un air habitué, j'allais m'asseoir dans le grand fauteuil en cuir clouté et là, un coude sur la table et le poing sous le menton, je me mettais dans la peau de l'académicien qui attend l'inspiration.

Rien n'avait changé, depuis sa mort. La plume posée devant l'encrier, le dictionnaire ouvert à la lettre B, la phrase interrompue en haut de la feuille : « Le jour dit, lorsqu'ils se retrouvèrent à l'auberge pour prendre langue, ils ne ». Sur la feuille suivante, je m'efforçais de poursuivre son histoire – après tout, me disais-je, ce serait peut-être plus simple d'être édité à deux, la première fois, pour me faire un nom sur le dos de la célébrité à qui je prêtais main-forte. Mais mon essai de collaboration avec un confrère d'outre-tombe partait sur un contresens, « prendre langue » ayant spontanément signifié pour moi « embrasser sur la bouche ». Les trois pages de porno soft par lesquelles je prolongeai, à onze ans et demi, l'œuvre inachevée du grand écrivain catholique semblèrent intéresser l'ayant droit, lorsque je les lui offris pour son anniversaire. En tout cas, Madeleine demanda à voir mes écrits personnels, devenant ainsi ma première lectrice « du métier ». Son verdict, mi-figue mi-raisin, tint en deux mots merveilleux lancés avec une moue de dédain : « Ça plaira. » Et elle décréta qu'elle prenait ma carrière en main.

Durant quatre étés, j'entretins des espoirs décroissants sur le pouvoir d'influence de Mme Daniel-Rops auprès des éditeurs parisiens. Puis elle mourut, sans que j'eusse reçu le moindre retour des lettres de recommandation dont elle bombardait, disait-elle, Fayard, Grasset, Le Livre de Poche et la Bibliothèque verte. Cela me vaccina à jamais contre les vertus qu'on prête aux intermédiaires, mais n'entama en rien la reconnaissance que j'éprouvais pour ma « relation de vacances », qui me donnait l'inestimable satisfaction de lui remonter le moral, avouait-elle, les jours où elle se sentait totalement oubliée par l'entourage de son mari.

De l'admiration forcée à la pitié sincère, j'ai beaucoup aimé Madeleine Rops, parce que j'étais le seul. Directe et franche, antipathique par amertume et lucidité, elle était mal vue dans le village pour différentes raisons. Avec sa longue tête de cheval morne, son absence de maquillage et de chichis, toujours vêtue de vieux pantalons à carreaux qu'elle ne boutonnait jamais, on l'accusait de ne pas tenir son rang de châtelaine. Elle roulait à tombeau ouvert dans une R8 dont elle lestait le train avant avec des sacs de ciment. Et surtout, elle faisait dérailler la chorale de l'église.

– Pas possible de chanter aussi faux, protestait-elle en fustigeant pendant la messe les bigotes locales, qui se gargarisaient de vocalises qu'elle abattait en vol à coups de contre-*ut*.

Depuis que, deux fois par séjour, elle m'invitait en tête à tête à la pizzeria du passage à niveau, les Savoyards commençaient à me regarder de travers, moi aussi, et j'adorais ça. On faisait jaser, disait-elle. Au volant de sa R8, elle m'apprenait Georges Brassens : « *Au village, sans prétention, j'ai mauvaise réputation / Qu'je m'démène ou qu'je reste coi, je passe pour un je-ne-sais-quoi…* »

On s'écrivait, pendant l'année. En classe de neige à Valberg, je recevais des cartes postales sous enveloppe « Académie française », qui accréditaient le personnage de romancier en instance de publication par lequel je tentais de draguer les monitrices. Je me souviens d'une Brigitte très en chair, à qui j'avais fait croire que j'étais candidat au fauteuil d'André Maurois, et qui m'imaginait sous la Coupole en habit vert à culottes courtes.

Un dimanche, pendant la visite des familles, elle t'avait pris à part en demandant si j'avais des chances d'être élu, malgré mon jeune âge. Tu avais confirmé, le plus sérieusement du monde : l'Académie française était comme certaines écoles prestigieuses, où il fallait inscrire l'enfant dès sa naissance pour être sûr qu'il ait une place. Tu lui suggéras même de faire une petite collecte, pour financer mon épée ; ainsi les généreux donateurs de la classe de neige seraient-ils invités à ma réception sous la Coupole.

Brigitte récolta vingt-huit francs cinquante, qu'elle me remit dans une enveloppe cachetée, le jour du départ, solennellement, de la part du cuisinier et d'elle-même. Elle vient me voir de temps en temps, au Festival du livre de Nice. Elle est devenue directrice adjointe d'une station d'épuration. Elle me demande toujours, avec un brin de nostalgie, où en est son investissement.

Oubliant tes réserves initiales, tu étais devenu assez copain avec Madeleine Rops, à cause d'un des plus gros fous rires que tu aies eus dans ta vie. C'était à propos de Jean Jaurès. Dès mon plus jeune âge, tu m'avais seriné une citation du grand leader socialiste, que je resservais à tout propos : « Si tu doutes de l'homme, pense à l'humanité ! » Je l'assortissais d'un geste martial sur lequel personne ne s'était interrogé, avant Madeleine.

– Pourquoi replie-t-il ses doigts en pistolet quand il cite Jaurès ? te demanda-t-elle un jour.

Grâce à elle, tu découvris que, spontanément, j'avais compris ce cri du cœur humaniste comme un appel au crime : « Si tu doutes de l'homme : *pan !* sale humanité. » Ma légende était faite : de l'établissement thermal au palais de justice, du marché aux fleurs à l'école communale, chacun fut bientôt au courant de mon interprétation toute personnelle de la pensée de Jaurès. Tu ne manquas jamais une occasion d'amuser les gens avec cette bourde éclatante – même vingt ans plus tard, au micro d'une de ces émissions terrifiantes où le journaliste interroge les familles pour « éclairer » la personnalité de l'invité.

Toute notre vie, ta grande fierté fut de me mettre en valeur, même quand ça me rendait ridicule. Je ne t'en ai jamais voulu. Tu as réussi ce que très peu de pères considèrent comme leur objectif ultime : être aimé à la fois comme un maître et comme un faire-valoir.

Et pourtant… « Il faut stresser la vigne », disent les viticulteurs. Pour faire mon vin, je t'ai infligé, à ton insu, le plus injuste des châtiments.

Toi qui fus la personne sur terre qui me connaissait le mieux, tu es mort en ignorant beaucoup de choses de moi, et pas toujours glorieuses. L'année de mes sept ans, avant de me considérer orphelin à titre préventif, j'avais commencé par te renier. Auprès des camarades d'école, des instituteurs et des curés. Cet infirme grimaçant de douleur entre ses cannes anglaises, qui s'obstinait à conduire sa Ford Taunus à trente à l'heure suivi d'un cortège de klaxons en colère, ce n'était pas très reluisant, comme père. En plus, tu ne faisais aucun cas de ta particule, te faisant appeler « Vanco » pour aller plus vite, alors que, dans la famille belge avec laquelle tu n'entretenais aucun rapport, il y avait du comte et du baron depuis neuf siècles.

A l'âge où les gamins se construisent des cabanes dans les branches, je passais mon temps dans notre arbre généalogique, où bourgeonnaient les évêques missionnaires, les ministres, les bourgmestres et les bonnes sœurs boulottées par des cannibales en Afrique – le rêve. Cette filiation flamande me montait complètement à la tête. Du coup, tu n'étais plus à la hauteur de nos origines. Je voulais plus, je voulais mieux.

Je t'avais laissé ta chance, pourtant, avant de te répudier. Je t'avais fait imprimer, sans que tu le saches, de fausses cartes de visite chez Monoprix (*Comte R. van Cauwelaert, avocat international, ambassadeur extraordinaire de Belgique auprès de la Cour internationale de justice de La Haye*), sur lesquelles j'envoyais les vœux du nouvel an à mon instituteur, au curé de la paroisse et aux parents d'élèves, en imitant ton écriture. Mais tu n'étais pas compatible avec les titres que je t'inventais. Je fabriquais un aristocrate à valise diplomatique, et on voyait arriver un boute-en-train déformé par la douleur, qui balançait pour donner le change des blagues de garçon coiffeur.

– C'est un rigolo, ton père, diagnostiquaient mes copains.

Je détestais leur condescendance. Avec le mal que je me donnais pour toi. Tu n'étais vraiment pas digne de ta légende. Alors j'avais fini par révéler sous le sceau du secret, dans la cour de l'école, que tu n'étais pas mon véritable père. En fait, j'étais le fils naturel du roi Baudouin, caché à ma naissance et recueilli par René van Cauwelaert, cet avocat belgo-niçois chargé de me protéger contre la jalousie meurtrière de la reine Fabiola.

Pour preuve de mes dires, je produisis une lettre à l'en-tête du palais de Laeken, frappée du cachet royal, où le chef du protocole remerciait un vétérinaire de notre famille d'avoir guéri son chien. Le courrier fit sensation, personne à l'école ne parlant le flamand. J'étais seul à connaître des bribes de ma langue ancestrale, puisées dans un Larousse de poche français-néerlandais ; j'illustrais mon bilinguisme d'« expressions usuelles » signifiant *Cocher, à la gare !* ou *Je désire envoyer un pneumatique* – l'édition que j'avais déni-

31

chée dans une solderie datait de 1935 –, et on me crut sur pièces, en se fiant à ma traduction. La « lettre de cachet », comme je l'appelais, me confiait au comte van Cauwelaert afin qu'il assure, loin de la Belgique, la protection rapprochée du royal bâtard qu'il élèverait comme son fils.

Devant le scepticisme de ceux qui trouvaient que mon histoire ressemblait un peu trop à un film de cape et d'épée, je répondais instinctivement par la désillusion triste : je ne me racontais pas d'histoires, allez, je savais très bien que je ne serais jamais roi, et c'était bien dommage pour la Belgique car Baudouin n'avait pas d'autre enfant que moi, et le royaume allait finir en république comme la France, voilà : c'était la faute de cette Fabiola qui était tellement jalouse d'avoir été trompée que, mise au courant de ma naissance secrète par ses espions, elle avait envoyé à la maternité un tueur à gages pour éliminer tous les bébés nés le 29 juillet – j'avais échappé de peu à cette version revue et corrigée du Massacre des Innocents, que m'avait inspirée la Bible en cours de catéchisme.

– Mais alors, s'était enquis mon confident préféré, Olivier Plomb, premier de la classe, qui faisait mes devoirs de maths en échange des rédactions que j'écrivais pour lui – et dont je travestis le nom, car il est devenu aujourd'hui un psychanalyste fameux dans la presse féminine –, mais alors, c'est qui ta vraie mère ?

J'avais séché, sur l'instant. Je m'étais repris très vite, déguisant mon embarras en agacement d'incompris :

– C'est celle que tu connais, banane.

– Et elle se tape le roi des Belges ?

– Voilà.

– Alors ton père, t'es pas son fils et c'est pas sa femme ?

– Si, si. Il a été obligé de se marier avec elle, pour faire semblant. Tu vois bien qu'elle est trop belle pour lui.

Le futur psy avait acquiescé d'un air lucide. Mon ignominie était toujours fondée sur la vraisemblance : ton épouse avait dix-sept ans de moins que toi, des longs cheveux magnifiques et ressemblait à Joan Crawford dans *Souvent femme varie*. Toselli, un petit gros qui était fils de banquier, concluait tout naturellement avec un air catastrophé :

– C'est un cocu, alors, ton faux père.

Là, j'arrêtais de jouer. Je toisais le rejeton du Crédit agricole, et je répliquais sèchement :

– C'est un héros. Quand il a accepté la mission du roi, je te signale, le tueur à gages de Fabiola lui a tiré une balle dans la jambe. Vous voyez dans quel état il est, aujourd'hui.

Mes copains ne pouvaient qu'opiner. Du jour au lendemain, leurs rapports avec toi changèrent du tout au tout. Ils t'observaient en silence, ils t'admiraient, ils te plaignaient avec respect. Ils n'osaient plus rire de tes plaisanteries, et tu le vivais assez mal.

– Qu'est-ce qu'ils sont coincés, tes amis. Franchement, tu pourrais en trouver de plus drôles. En tout cas, le fils Plomb, tu ne le ramènes plus à la maison. Je n'aime pas du tout ce type.

Tu n'aimais pas du tout les types qui tournaient autour de ta femme, même s'ils émargeaient à l'école primaire. Et Olivier Plomb, avec son œil de braise et sa façon de loucher dans le décolleté en faisant le baisemain, style roi des Belges, te tapait particulièrement sur les nerfs, sans que tu puisses deviner la source de ses fantasmes. Tu n'as jamais su, en fait, que je m'étais inventé un autre père, que je t'avais remplacé par le souverain du pays de tes ancêtres, afin de briller à l'école dans le rôle de Son Altesse Bâtardissime le prince Didier.

Une seule fois, j'ai voulu t'avouer en face mon infamie. Je l'ai fait à ma façon, qui n'est pas toujours des plus limpides. J'avais douze ans, nous venions de traverser un lac savoyard en canot pneumatique et, en accostant, je m'étais enfoncé dans le talon une gigantesque épine. En quelques minutes, mon pied avait triplé de volume. L'infection était telle que le médecin chez qui tu m'avais amené en catastrophe avait dû m'opérer sur-le-champ, sans attendre l'effet de l'anesthésie. Je hurlais de douleur entre mes dents serrées. Toi, ta main sur mon front, tu me racontais un épisode particulièrement loufoque des *Aventures d'Enrique Saraga et Léon Rabichou*, ton feuilleton à la Pierre Dac qui me faisait m'endormir de rire chaque soir.

Pour la première fois, j'éprouvai dans ma chair ce que j'avais si souvent constaté chez toi, en te regardant m'inventer des histoires : l'énergie du rire prenait le pas sur le mal. L'humour partagé avait raison de la souffrance – ce qui allait déterminer à jamais mon style d'écriture. Mais, pour l'heure, le médecin qui me charcutait appréciait peu :

– Arrêtez de l'amuser, enfin ! Ça le fait gigoter et je n'arrive à rien !

Docile, tu as rengainé les malheurs de l'espion Rabichou qui tentait de retrouver un microfilm dans une fosse septique, tu as serré ma main dans la tienne et, simplement, tu m'as dit :

34

– Je t'aime.

Alors une vague d'émotion a déferlé dans ma poitrine et, spontanément, tandis que la douleur reprenait possession de ma jambe, j'ai répondu :

– Je t'adopte.

Tu n'as pas compris, bien sûr, tu as souri comme à une blague pas très claire. Mais, pour moi, c'était le plus grand cri du cœur que tu m'aies jamais arraché. Je pensais que j'allais mourir du pied, là, sur cette table d'opération ; je n'avais pas peur mais j'étais envahi soudain par la superstition, l'urgence de réparer l'offense que je t'avais faite à ton insu, de reconstituer le lien que j'avais brisé entre nous. Sinon, je me disais qu'une fois mort, malgré tous mes efforts d'apprenti fantôme, on risquait d'être séparés à jamais parce que j'avais voulu avoir un autre père. Tu m'avais prévenu, dans tes contes de fées d'espionnage : il faut bien réfléchir avant de faire un vœu, car si jamais les services secrets du Ciel l'exaucent, on est obligé d'en assumer les conséquences.

Donc, j'arrêtais le sortilège par un sacrement d'adoption. Ardoise magique. D'un coup j'annulais mes mensonges, mon désaveu de filiation, mes aspirations illégitimes à la couronne de Belgique. Plus rien ne comptait que ta main couvrant la mienne, que cette fibre intime qui nous reliait à travers la douleur. Je te reconnaissais comme mon père, au-delà du facteur biologique qui me mettait devant le fait accompli. Je te prenais pour père devant témoin, comme on prend femme.

Tu n'as jamais eu les sous-titres de cette scène chez le médecin. A quoi bon, à l'époque ? Rien ne pouvait te laisser soupçonner, entre nos complicités rieuses et nos tendresses pudiques, que je t'avais renié auprès de tous mes copains, réfutant par vanité mythomane le lien si fort qui courait dans nos gènes. Mais ce n'est pas trop tard pour mes sous-titres. C'est même utile pour moi, aujourd'hui. Utile de te dire que, voilà, maintenant que tu es mort, je t'ai adopté une seconde fois.

Depuis des mois, je retarde le moment de fixer par écrit notre dernière nuit. De retourner dans la réalité physique de ce moment de grâce – je pèse mes mots – dont je ne conserve que l'élan, la densité, le mystère.

Il était deux heures du matin, dans ta chambre de l'hôpital de Monaco, vue plongeante sur la mer et le palais princier. Mes frères et ma sœur m'avaient laissé le tour de garde. Ma mère, qui avait refusé de rentrer à la maison, dormait sur le petit lit d'appoint, un mètre en dessous du tien. Moi, j'étais de l'autre côté, dans un fauteuil de skaï orthopédique collé au flanc du matelas, mes jambes étendues contre les tiennes et ta main dans la mienne, écoutant ta respiration. La morphine t'avait plongé dans un sommeil étanche, où seuls quelques raclements de gorge ponctuaient les souvenirs et les rêves qui préparaient leurs valises dans ton cerveau.

Tu ne captais plus le monde extérieur depuis vingt-quatre heures, disaient les médecins. Quoique. Mes lecteurs connaissent mon sentiment sur la survie de la conscience, et je m'en voudrais de parader avec des semblants de preuves dont je n'ai nul besoin. Mais, durant l'après-midi, dans un moment où je te sentais agité dans ton semi-coma, je t'avais chanté pour te réconforter *Le Fantôme* de Georges Brassens, la chanson la plus drôle que je connaisse sur la mort, la plus coquine, la plus tonique et la plus belle – même si les larmes dans ma voix en lézardaient un peu la mélodie. Le lendemain, Marie-France, une amie infirmière à la retraite qui continue de soigner les gens dans l'au-delà, me téléphona de Villeneuve-Loubet, à quarante kilomètres de là :

– Ton père est mort ce matin à deux heures, non ? Il va très bien, en tout cas. Il me dit qu'il a bien aimé la chanson.

– La chanson ?

– Excuse-moi, mais tu ne lui as pas chanté une chanson un peu cochonne, très rigolote ? Il te remercie. Qu'est-ce qu'il est joyeux, dis donc…

Sentiment d'euphorie capté en même temps à l'autre bout du monde, sur un lagon, par Véronique qui elle aussi t'avait rencontré une seule fois, et ignorait la gravité de ton état. Sans comprendre pourquoi tu venais dans ses pensées, elle perçut ta présence jubilante dans chaque pierre et chaque feuille d'une montagne apparue en surimpression devant elle, mirage nocturne qui dura plus d'une heure et que son esprit cartésien se retenait d'interpréter.

Rien de tout cela ne m'est arrivé. Aucune révélation paranormale, aucun message, aucune image. Le seul phénomène extraordinaire que j'aie ressenti, sur l'instant, est à mon sens purement humain.

A deux heures moins le quart, cette nuit du 29 au 30 septembre, à l'affût de ta respiration, j'ai soudain perçu des saccades. Comme les ratés d'un moteur qui peine à démarrer. Je suis venu contre toi et, dans le doute, je t'ai dit à l'oreille que, si le moment était venu, il ne fallait pas que tu aies peur ou que tu regimbes ; il ne fallait pas que tu t'accroches pour nous, que tu demandes au juge un renvoi de ton affaire.

Ma mère a grommelé dans son sommeil :

– Qu'est-ce qui se passe ?

J'ai répondu :

– Rien, dors.

Pardon, mais je voulais te garder pour moi tout seul en cet instant. Egoïste jusqu'au bout. Cohérent. Je ne voulais pas que la douleur débordante de la femme de ta vie entame notre dernière connivence. Elle t'avait porté à bout de bras, ces derniers mois, sans illusions ni répit, épuisée, admirable, et je savais déjà que là où d'autres verraient une délivrance, elle ne vivrait qu'une défaite, une amputation, une perte de soi. Le temps qu'elle s'arrache à son lit trop bas, ta respiration s'était achevée.

Alors il s'est passé une chose incroyable, que je n'attendais absolument pas. Au moment où tes poumons se sont tus, j'ai senti comme une spirale d'énergie tourner autour de moi et s'engouffrer dans ma poitrine. L'expression populaire dit : « Recueillir le dernier souffle ». J'ai vécu l'image, littéralement. Une force intense et calme s'est répandue en moi, et ne m'a pas quitté depuis. Un élan de jubilation supérieur à la douleur ; une sensation d'harmonie, de partage, plus grande que la solitude et le vide causés par ton départ.

Tu n'as cessé de vibrer en moi, dès lors. Même si ton absence est pénible et agaçante, dans un monde que tu ne bouscules plus de tes éclats de rire ni de tes coups de gueule, tu as réussi jusqu'à présent à ne pas me manquer. « Manquer » au sens de « faire défaut ».

Je t'ai fermé les paupières. Naturellement, elles sont

remontées. J'ai répété mon geste, deux fois, trois fois, avec une solennité de moins en moins convaincante. Rien à faire : elles se soulevaient en restant coincées à mi-course, comme un volet roulant récalcitrant. Impossible d'occulter ton regard noisette nimbé d'un blanc couleur d'huître.

– Laisse, a murmuré maman.

Et je vous ai laissés pour un dernier tête-à-tête, les yeux dans les yeux.

Comme sur un nuage – formulation bêtasse, mais je ne trouve pas plus juste – je suis allé déclarer ton décès au bureau des infirmières. Elles m'ont consolé d'un sourire où n'entrait pas seulement la compassion. Dès qu'on évoquait la chambre 6208, dans le service, les regards frisaient, les lèvres se rétractaient – parfois même le personnel soignant plongeait vivement vers un tiroir ou une corbeille à papier, les épaules secouées par l'hilarité contenue. Jusqu'au seuil de ta mort, tu auras fait marrer les autres. Il faut dire que ton arrivée aux urgences, huit jours plus tôt, avait laissé des traces dans les mémoires.

Un choc toxique foudroyant, à l'heure où déjeunent les ambulanciers, avait incité ton médecin à te faire transporter illico en voiture de pompiers jusqu'à l'hôpital le plus proche, dans l'état où tu étais – c'est-à-dire tel que la légende te perpétuera au centre hospitalier Princesse-Grace.

J'explique. Les derniers temps, l'anémie chronique résultant de ton cancer avait nécessité l'absorption massive de fer, avec les effets secondaires qui faisaient de tes nuits des enfers répétés. N'arrivant plus à te lever seul, tu avais exigé, pour ne pas déranger ma mère dans ses insomnies, qu'elle t'achète des couches. Et, comme tes slips étaient un peu justes pour les maintenir, elle t'avait fourni des gaines-culottes grâce auxquelles, te sentant étanche, tu arrivais à fermer les yeux quelques heures.

Mais bon, la machine à laver donnait des signes de faiblesse, le linge sale s'accumulait et, ce jour-là, le seul modèle disponible dans la gamme des sous-vêtements était rouge fraise, avec, en guise de faveurs, deux petites roses de soie grège entrelacées. Affolée par ton malaise spectaculaire et l'arrivée immédiate des pompiers, ta femme n'avait pas songé à te vêtir de façon plus discrète.

Entre-temps, j'étais remonté de la mer où je m'étais accordé une heure de crawl, dans cette rade de Villefranche où tous les matins tu avais plongé, avec ton masque et ton tuba, jusqu'au dernier stade de la maladie. C'est au moment où ma mère m'expliquait la situation que, voyant s'éloigner dans l'avenue la camionnette des pompiers, elle prit conscience, peut-être par association de couleurs, du look particulier avec lequel son époux se présenterait dans la Principauté.

On sauta en voiture, sur les traces du véhicule prioritaire qui nous sema sans peine. Tout au long de la Basse Corniche, elle émailla le récit de ton choc toxique de réflexions dont je mis un certain temps à comprendre le sens :

– Avec des roses, en plus ! Lui qui est si pudique, mon Dieu, je ne me pardonnerai jamais, saloperie de machine à laver !

Quand on arriva à l'hôpital de Monaco, l'extraordinaire célérité du service des urgences avait eu pour conséquence que, la plupart des examens et analyses ayant déjà été effectués, les médecins nous accueillirent avec une gravité lézardée par la montée du fou rire. On voit beaucoup de choses, sur le Rocher, mais ce n'est pas tous les jours qu'un avocat honoraire, père d'un prix Goncourt et ami intime d'Henri Gaffié, le célèbre expert en tableaux ayant constitué la collection du prince Rainier, est hospitalisé en tenue de drag queen. Une fable insistante prétend qu'un maréchal de France se fit enterrer en porte-jarretelles. La réalité retiendra que René van Cauwelaert, qui évoquait physiquement un Lino Ventura mâtiné de Spencer Tracy, passa son dernier scanner dans des dessous féminins dignes d'un défilé de la Gay Pride.

Drame de ma mère qui, discrètement, suivait le lit à roulettes d'examen en examen, les doigts crispés dans son sac sur un slip à la blancheur virile, guettant le moment propice pour opérer la substitution.

– Je m'explique mieux votre sensibilité, maintenant, me chuchota en douce un infirmier aux lèvres ourlées sous une fine moustache. Je comprends mieux ce qui me touche dans vos livres, et comment vous percevez nos ressentis...

– Je ne l'ai pas détrompé, me confias-tu une heure plus tard, ragaillardi par les perfusions et les attentions pressantes que te témoignait, avec une complicité respectueuse, l'infirmier bouleversé par le naturel avec lequel tu lui semblais arborer ta préférence sexuelle. Puis tu ajoutas en me clignant de l'œil : Un lecteur, ça se ménage.

Et on s'est marrés, toi et moi, une dernière fois, interrompus par la chef du service qui arrivait avec le résultat de tes examens, et la mine correspondante. Discrètement, elle m'a fait signe de la suivre dans le couloir. J'ai croisé ma mère qui entrait, l'air comploteur, ton slip caché dans le dos, pour remplacer en catimini la flamboyante gaine-culotte.

– Je ne vais pas vous raconter d'histoires, me confiait pendant ce temps l'urgentiste avec une gentillesse navrée. Attendez-vous au pire.

J'ai acquiescé, confiant. En quarante-cinq ans, tu m'avais habitué, sur le plan moral et physique, à tes morts annoncées comme à tes renaissances-surprises. Dans le « pire », tu étais toujours le meilleur.

*

Six mois après ta mort, une artiste peintre qui ne t'avait jamais rencontré m'a confié, un peu embêtée :

– Je crois que j'ai vu René.

Connaissant les perceptions médiumniques de mon amie, j'ai hoché la tête, m'expliquant mal son embarras. Ce que je ressentais intimement de ta libération post mortem ne cadrait pas avec la gêne qui perçait dans sa voix. J'ai demandé, un peu gauche :

– Il avait l'air bien ?

– Oui, il me souriait. Je sentais que c'était ton père, mais…

J'ai laissé les points de suspension résonner dans son silence, puis je l'ai relancée :

– Il t'a dit quelque chose ? Il y avait un message ?

– Non. Je ne crois pas.

– Tu as capté… un truc en particulier ?

– Pas vraiment, non. Pardon de te dire ça, mais c'est la façon dont il m'est apparu…

– Tu as l'habitude de voir des fantômes, pourtant.

– Oui, mais pas comme ça. Je veux dire : pas en slip.

– En slip ?

– Rouge, en plus. Une culotte de fille. Je ne comprends pas.

Et ce fut son tour d'être troublée par mes yeux soudain mouillés de larmes, taries presque aussitôt par un large sourire. Elle a répété, confuse devant ma réaction :

– Je ne comprends pas.

– Moi si.

Dans les semaines qui suivirent, alors que ta légende de travesti honoraire du barreau de Nice n'avait pas franchi l'enceinte de l'hôpital de Monaco, trois autres médiums sans lien entre eux – dont un inconnu – me signalèrent le même genre d'apparition fugace, souriante et sereine, en gaine-culotte rouge fraise.

Quand, l'air radieux, je rapportai à ma mère, toujours brisée du même chagrin après un semestre sans toi, ces nouvelles qui présentaient à mes yeux un bon indice de la survie de ton esprit, elle secoua la tête, les lèvres pincées, avant de soupirer sur un ton résigné :

– C'est bien ton père, ça…

Il faut dire que tu ne l'avais jamais vraiment ménagée. Lorsque tu l'as rencontrée, en instance de divorce et sans un sou devant toi, tu étais une épave à la dérive ne mangeant plus que des endives, grillant six paquets de Lucky Strike par jour, et roulant toute la nuit sur des routes de montagne en attendant que le bon Dieu, dans son infinie clémence, fasse tomber ta voiture dans un ravin pour t'éviter le suicide auquel, en tant que chrétien, tu t'interdisais le recours.

Elle, à vingt-deux ans, sublime étudiante qui faisait tourner toutes les têtes, à la fac de droit comme sur les bateaux de guerre, payait ses études en travaillant chez un shipchandler qui ravitaillait la flotte américaine dans la rade de Villefranche. Cette nuit du 6 février 1954, en vacances à Valberg, elle était allée danser avec la copine dont elle partageait le studio. La même nuit, tes errances suicidaires t'avaient ramené dans cette station de sports d'hiver où, cinq semaines plus tôt, s'était brisée ta première vie.

Depuis ton mariage, tu louais avec ton meilleur ami, Paul, deux appartements contigus dans un gros chalet où vous passiez les week-ends en famille. C'est le soir du 31 décembre que tout avait basculé. A votre table,

45

pour la première fois, l'ambiance du réveillon était glaciale. Sous les spots de la boîte de nuit, Paul faisait la gueule sans explication ni raison apparente, sa femme le lui reprochait avec un agacement croissant, et Claudie, ton épouse, ne desserrait pas les dents. Tu faisais de ton mieux pour chauffer l'atmosphère, comme d'habitude, serpentins, cotillons et charleston, mais toutes tes pitreries destinées à les dérider ne faisaient qu'alourdir les tensions. Exaspéré, tu leur avais brusquement dit que tu en avais ras le bol de leur soupe à la grimace, et tu étais sorti marcher sous la neige parmi les pétards et les klaxons qui fêtaient le nouvel an.

Là, ressassant par moins dix la sinistrose inqualifiable de ces rabat-joie – faire la gueule avait toujours été le travers que tu classais numéro un au hit-parade des péchés mortels –, tu avais senti peu à peu dans ta tête des malaises informulés prendre un sens, des comportements bizarres trouver une raison d'être, des coïncidences découler d'une logique. Si Claudie et Paul jetaient un tel froid autour d'eux, c'est qu'ils s'étaient disputés. Et s'ils s'étaient disputés sans que leurs conjoints soient au courant, c'est qu'ils étaient amants.

Tu fis demi-tour, revins à la boîte de nuit où ils continuaient à se taire de profil, ficelés par les serpentins sous leurs chapeaux chinois, et tu te plantas devant Paul :

– J'ai tout compris. Ne dis rien, j'ai besoin de dormir. Retrouve-moi à sept heures du matin à la Croix du Sapet.

Et, sans un mot pour ta femme, tu étais allé te coucher. Elle t'avait rejoint dès que possible, catastrophée

– tu avais déjà avalé ton somnifère. Coupant court à ses larmes, tu lui avais dit :

– Une seule question, tu me réponds, et après tu me laisses dormir. Ça dure depuis combien de temps ?

– Ce n'est pas ce que tu crois, René…

– Je ne crois rien : je demande. Depuis combien de temps ?

– Tu me fais peur…

– Va coucher dans le salon et ne réveille pas les enfants. Bonne nuit.

Et tu avais rabattu le drap sur ta tête.

A six heures et demie, barrant de son corps la porte du couloir, Claudie t'avait supplié de rester : elle allait tout t'expliquer. Tu l'avais repoussée et tu avais quitté le chalet. Ce n'est pas elle que tu voulais entendre. A la limite, tu pouvais concevoir que ta femme te trompe. Mais tu ne supportais pas l'idée que ton meilleur ami t'ait trahi.

Paul attendait, grelottant sous un pylône aux premières lueurs de l'aube. C'était bien ton style, de donner rendez-vous à sept heures du matin en haut d'un remonte-pente. Tu ne voulais pas de témoins. Tu as grimpé la piste rouge, tu t'es retrouvé devant lui, tu as sorti le pistolet qui ne te quittait plus depuis la guerre, et tu lui as déclaré avec un parfait sang-froid :

– De deux choses l'une. Ou c'est une simple histoire de cul, et je te bute. Ou vous vous aimez vraiment, je divorce et tu l'épouses. Choisis.

– On s'aime, on s'aime ! s'est récrié Paul avec toute la conviction du monde entre ses lèvres gercées.

Le silence est retombé sur les deux copains séparés par un 6,35. Paul assumait la situation dans son anorak, le regard droit, les mains levées à hauteur des épaules.

Et toi, les doigts bleus crispés sur la crosse, ta moufle droite coincée sous le bras gauche, tu voyais bien qu'il était sincère, et tu regrettais déjà sa réponse. Tu rempochas ton arme. C'était une histoire d'amour, et il fallait faire avec.

Pour ménager les enfants, tu demandas un divorce aux torts et griefs réciproques. Le président du tribunal, à qui tu t'étais confié, te promit d'expédier la procédure en deux mois. A mes frères et sœur, tu avais simplement dit que leur mère et toi ne vous entendiez plus. Tu t'étais dérobé à toute autre justification de ton départ. Mais tu avais l'air si pressé de défaire ta vie que tu présentais tous les symptômes de celui qui veut la refaire. Alors que tu ne songeais, par blessure d'orgueil et grandeur d'âme, qu'à te sacrifier en représailles pour le bonheur des autres, ta volonté de céder la place ressemblait surtout à un abandon de foyer. Tu le sentais dans les yeux de tes enfants. Tu pensais qu'en toute logique, prenant le parti de leur mère, ils se détourneraient de toi.

A quarante ans, tu avais donc dressé le bilan de ta vie, sous forme d'examen de sortie. Tu te retrouvais seul au monde avec une image de déserteur, tu n'avais plus le cœur à défendre des clients, tes raisons d'être se réduisaient à néant : tu ne souhaitais plus que t'endormir au volant sur une route déserte et finir dans le décor. Le mois suivant, tu rencontrais ma mère.

Malgré l'état de délabrement avancé qui était le tien, ce 6 février à Valberg, le coup de foudre fut immédiat. Dans un double élan de pénitence et d'autodestruction, tu étais revenu dans la boîte de nuit où tu avais eu la « révélation » du nouvel an. Tout en descendant un whisky double, tu avais découvert, au milieu d'un groupe hystérique fêtant le carnaval à sa manière, une grande brune au physique ravageur et à l'air momentanément abruti par les œufs durs qu'elle était en train de gober à la chaîne. Il s'agissait d'un concours officiel, très en vogue à l'époque dans ce genre d'établissement ; elle avait accédé au rang de finaliste et elle était en train de distancer sa concurrente dans l'épreuve contre la montre. Dès qu'elle croisa ton regard, tu te sentis renaître.

Fidèle à ta pente naturelle, tu la draguas en commençant par l'engueuler : elle était complètement irresponsable de se livrer à des stupidités aussi dangereuses ; si on s'étouffe en avalant un œuf entier, c'est la trachéotomie ou la mort !

Personne n'avait jamais parlé de la sorte à Paule Guigou. Elle continua de vider le panier pour battre le record, on arrêta le chronomètre, elle reçut sous les acclamations le trophée de Miss Gobeuse 1954, et éconduisit le trouble-fête qui à présent déclinait poliment son identité en proposant de lui offrir un verre. Le râteau semblait flagrant, mais tu avais déjà décrété qu'elle serait la femme de ta vie. Tu insistas pour connaître son nom. Elle te le donna comme un os à ronger, et retourna s'asseoir.

Paule Guigou était venue à la soirée avec son amie Simone : tu invitas donc Simone à danser, pour l'interroger sur Miss Gobeuse tout en te montrant sous un jour meilleur : galant, pondéré et le cœur en miettes. Comme tu valsais avec une virtuosité à la douceur exquise, que ne laissait guère soupçonner la brutalité de tes entrées en matière, Simone persuada sa copine d'être aimable avec ce délicieux cavalier surgi tel Zorro de la nuit valbergane. En fait, Simone pensait que ton dévolu s'était jeté sur elle ; du coup elle chargeait Paule de lui préparer le terrain, et le malentendu fut un peu long à dissiper.

Enfin, « long »… Tu fus aidé par les circonstances : la nuit même, tandis que tu faisais danser les deux jeunes filles, leur studio flambait à cause d'un court-circuit, ce qui te permit dès le lendemain de les prendre sous ta protection, et il apparut assez vite que la protection était plus « rapprochée » du côté de Paule Guigou.

Néanmoins, lorsque tu lui déclaras sans détour que tu voulais la revoir à Nice, elle t'envoya au diable. Tu insistas tant et si bien, alternant le charme en détresse et l'humour déstabilisant, qu'elle finit par accepter un déjeuner. Tu l'emmenas à la Chèvre d'Or, tout en haut du village d'Eze, et là, dans ce perchoir de luxe dominant la Méditerranée, tu étalas sur la nappe ta vie brisée : le désespoir, les nuits blanches, l'envie de mourir, le whisky, les cigarettes et les endives. Puis, sans transition, tu lui demandas sa main. Ton seul argument : le coup de foudre que tu avais eu pour elle t'avait sauvé la vie ; elle t'avait ramené sur le droit chemin et tu n'en sortirais plus. Tu ne lui faisais pas la cour : tu plaidais. Elle te crut, elle t'aima et te prit comme tu étais.

Lorsqu'elle annonça à ses parents, la semaine suivante, qu'elle comptait épouser un quadragénaire divorcé avec trois enfants, le succès fut mitigé. Sa mère, chef du rayon parfumerie à La Riviera, fondit en larmes. Son père, typographe au *Petit Niçois*, ancêtre de *Nice-Matin*, lui rappela que Jacques Médecin, fils du maire et son successeur désigné en tête de liste, l'avait demandée en mariage. Elle répondit tranquillement :

– Il n'est pas le seul, et c'est René que j'aime : j'
l'épouserai dès que son divorce sera prononcé.

Mes grands-parents étaient des ouvriers fiers mais
conciliants, qui voulaient le bonheur de leur fille avant
son ascension sociale. Ils attendirent donc avec une
impatience anxieuse de rencontrer cet oiseau rare sans
fortune, qui avait supplanté dans le cœur de leur cadette
trois beaux millionnaires bien plus jeunes. Ils ne furent
pas déçus. Tu arrivas en retard, fagoté comme l'as de
pique, tu les emmenas promener en montagne pour
leur faire bonne impression, mais tu avais oublié le
plein d'essence et tu leur fis pousser ta 4 CV.

– Eh ben, commenta mon grand-père avec un grand
soupir, quand ils rentrèrent à la maison. Remarque, il
est sympathique.

Il alla se servir un verre de vin, tandis que ma grand-
mère courait mettre un cierge à sainte Rita, patronne
des causes perdues, pour qu'elle dissuade sa fille
d'épouser cet olibrius. Sainte Rita s'abstint : six mois
après la rencontre à Valberg, l'homme qui ne mangeait
que des endives épousa la championne régionale du
gobage d'œufs durs.

Vos premières années furent un peu rudes, entre les
difficultés financières et familiales. Ton remariage
express t'avait ressuscité au quart de tour, mais ce fut
plus compliqué pour Claudie. Finalement, son amoureux n'avait pu se résoudre encore à quitter sa femme :
ça aurait tué sa mère. Claudie partit vivre à Paris
avec vos enfants, que tu ne vis plus que pendant les
vacances. Du coup, afin d'être totalement disponible
pour eux, tu décidas, en accord avec Paule, de surseoir
à l'envie pressante de lui faire un bébé, et vous atten-

...es six ans que mes aînés soient grands avant de
...'inscrire à l'ordre du jour.

Quant à Claudie, elle dut patienter une vingtaine
d'années avant que l'homme de sa vie, ayant enfin
enterré sa mère, puisse divorcer pour tenir la promesse
qu'il t'avait faite en 1954, au sommet du téléski. Ils
furent heureux, comme vous, et ça te soulagea d'un
poids : ça rééquilibrait les choses. Tu revoyais Claudie.
Je la rencontrai et elle me plut bien : devant mes frères
et sœur, dans un souci de diplomatie, je l'appelais ma
« presque mère ». Ce qui la faisait sourire, mais qui
était moyennement apprécié par la tenante du titre.

Au début des années quatre-vingt, lorsqu'on découvrit un cancer à Claudie, tu allas souvent lui tenir com-
pagnie dans sa chambre d'hôpital, pour lui changer les
idées.

– Je t'emmène, décrétait maman à chaque fois.

Par décence, intuition ou solidarité féminine, pensant que ton ancienne épouse n'aimerait pas se montrer
devant elle sans ses cheveux, elle attendait dans la
voiture pendant que tu faisais ta visite. Parfois, à ton
retour, elle disait d'un ton légèrement pincé :

– Tu es resté longtemps, aujourd'hui.

Comme une mère qui a conduit son enfant chez une
petite copine.

Paul, de son côté, avait développé une tumeur au
cerveau qui rendait ses réactions imprévisibles. A la
mort de Claudie, mes aînés te déconseillèrent d'aller
au cimetière, de peur qu'il ne s'en prenne à toi. Tu
cédas à leurs craintes, et tu lui transmis par écrit tes
condoléances. Il t'adressa en retour une lettre admirable qui t'émut profondément. A près de quatre-vingts
ans, vous étiez soudain redevenus copains d'enfance.

– Quand je pense que j'ai failli le flinguer, me dis-tu le jour où je te vis revenir, les larmes aux yeux, de ses funérailles.

Même si ton code moral t'interdisait de le formuler, tu as toujours su que, sans l'amour entre Paul et Claudie, tu n'aurais jamais connu la véritable passion. Tu serais resté enchaîné toute ta vie à ton devoir conjugal, à ton rôle de père, à l'archétype de la famille chrétienne. Tu serais demeuré un pur produit des circonstances.

En 1940, alors que la France admettait enfin qu'elle était sur le point de perdre la guerre, tu avais commencé à fréquenter Claudie. Vous n'aviez pas tellement de choses en commun et, si tu admirais ses qualités, tu n'envisageais pas vraiment l'avenir avec elle – mais l'invasion de la Finlande modifia la donne. Convaincu dès l'enfance que tu mourrais jeune comme ton père, tu ne fus pas étonné quand tu appris un matin, sous le préau de la caserne des chasseurs alpins, que tu étais affecté dans le commando qui partait couper la route aux blindés soviétiques. Comme la famille de Claudie souffrait beaucoup des privations, tu décidas de l'épouser avant de partir, pour qu'elle touche au moins ta pension d'officier. Autrement dit : pour que ta mort serve à quelque chose.

Le lendemain des noces, en arrivant à la caserne pour préparer ton paquetage, tu découvris avec stupeur que tu ne figurais plus sur la liste des départs. Ton nom avait disparu magiquement, sans que l'état-major puisse te fournir la moindre explication : c'était comme ça.

– Tu sais quelle a été ma première réaction ? m'as-tu

confié un jour. Au lieu de me réjouir d'échapper à cette boucherie inévitable, je me suis dit : Quel crétin !

Mais l'union était contractée, alors tu mis toute ton énergie à tenter de réussir un mariage que tu n'avais envisagé qu'à titre posthume. Claudie te donna trois enfants formidables qui assurèrent pendant treize ans votre bonheur conjugal, et maintinrent entre vous jusqu'à sa mort une estime que rien n'avait su entamer à long terme.

Toutes les épreuves de ta vie, tu es ainsi arrivé presque toujours, par un mélange très personnel de délicatesse et de brutalité, à les convertir en harmonie. Et ça continue, de là où tu es. Tu dois être si heureux, quand tu vois comment Claude, Catherine et Thierry entourent aujourd'hui ta veuve, parfois plus et mieux que son fils unique. Tu dois être si heureux de sentir que tous trois, après l'avoir prise un temps à l'adolescence pour une briseuse de ménage, la considèrent aujourd'hui comme une part de toi restée auprès d'eux.

A treize ans, tu assassinas un homme. C'est ainsi que tu le vécus, et que tu le revendiquas. C'est ainsi que tu m'en fis part, un samedi après-midi, avec un naturel qui me coupa le souffle.

Tu étais en train de lire *Meurtres à la messe*, la première œuvre de fiction que je venais de publier – un feuilleton d'épouvante dans le journal de l'aumônerie du collège. Maman était passée avant toi. Fidèle à son habitude, elle avait tout critiqué avec une sévérité péremptoire : trop de personnages, trop d'adjectifs, trop de points-virgules, trop de sang, trop de seins – oui, bon, je m'attardais un peu sur les mamelons pointant sous l'aube de la première communiante, mais ça demeurait très convenable ; les autorités ecclésiastiques ne m'avaient même pas censuré. Bref, elle trouvait ça prometteur mais nul. Comme à chaque fois que je lui soumettais un texte, je la détestais de tout mon ego d'écrivain, tout en jubilant in petto de me voir traiter aussi mal que Saint-Exupéry par Gaston Gallimard – je l'avais lu dans une édition commentée du *Petit Prince*, et ça m'avait remonté le moral. Là où tant de gamins précoces sont transformés par la complaisance ambiante en petits chiens savants, je me sentais, grâce à la rigueur maternelle, un poète maudit. Excellent contrepoint à tes enthousiasmes un peu trop systématiques.

La maltraitante était allée faire des courses, et nous étions seuls dans le salon. Avec une fierté qui t'illuminait de gourmandise, tu t'es jeté sur le petit journal ronéotypé où notre nom figurait à la une. J'avais suggéré au rédacteur en chef, l'abbé Félix, d'inscrire la mention : « En prépublication avant Paris, le feuilleton policier de Didier van Cauwelaert ». Il avait cru bon d'ajouter « 5e A », pour qu'on me situe d'après les repères de l'Éducation nationale, et il avait mis une majuscule indue à ma particule, mais sinon, globalement, j'étais plutôt content. J'étais surtout heureux de te voir rire, frémir et palpiter à la lecture de cette sombre histoire qui commençait par une bigote assassinée au moyen d'une hostie empoisonnée, et qui se terminait par un abrupt « A suivre » au moment où le curé entrait en agonie, après avoir humecté son doigt pour tourner les pages collées d'un missel dont la tranche avait été enduite de cyanure.

– On pourrait l'attaquer en plagiat, me dis-tu quelque dix ans plus tard, quand Umberto Eco fit paraître *Le Nom de la rose*, où figurait un crime en tous points analogue.

On ne donna pas suite, la probabilité que l'auteur italien fût abonné à *Jalon* (Journal de l'aumônerie des lycées de l'ouest de Nice) étant plutôt réduite.

Pour l'heure, ce jour d'automne 1973, je vis soudain avec une satisfaction intense tes yeux s'embuer de larmes, que j'attribuai à la sobre puissance d'un style qui avait échappé à ma mère. Je me trompais. Tu abaissas le journal et tu me dis :

56

– Ce que tu inventes, là… A ton âge, je l'ai fait.

Je t'ai demandé de quel passage il s'agissait. C'était celui où l'enfant de chœur pointe un pistolet sur le pilleur de troncs qu'il vient de démasquer.

Et tu m'as raconté le plus grand secret de ta vie, le drame sur lequel tu vivais replié, avec une absence de remords qui était, je le comprends avec le recul, ce qui te perturbait le plus.

Je connaissais par cœur tes débuts sur terre. Ton père Eugène, industriel surdoué qui avait inventé le procédé de fabrication des briques réfractaires, et qui était tombé trois mois après ta naissance dans ces tranchées qu'on appelait des « champs d'honneur ». Ta mère Suzanne, à peine sortie de sept années d'enfer chez les bonnes sœurs, qui avait épousé son ami d'enfance à seize ans et demi, et se retrouvait veuve à dix-neuf. Ta grand-mère Hortense, à la tête d'un réseau de résistance, qui avait su aussitôt la mort de son gendre, et l'avait cachée à sa fille jusqu'à l'armistice de 1918, inventant de bonnes nouvelles et de fausses lettres, pour différer le drame en distillant l'espoir tout au long de la guerre. Ta paralysie due au rachitisme, qui avait conduit Hortense, veuve elle-même, à abandonner du jour au lendemain ses commerces de Roubaix pour aller te remettre sur pied au soleil de Nice. Ton enfance coincée entre ces deux femmes en exil, le tyran au grand cœur et l'éternelle adolescente fossilisée dans son amour brisé.

Je savais qu'Hortense, en quittant le Nord, avait tout perdu. L'unique espoir d'une rentrée financière était les dommages de guerre promis à Suzanne. L'usine de ton père à Fresnes-sur-Escaut, la plus haute cheminée de France à l'époque, avait été rasée par les bombardements, et vous attendiez le dédommagement, dans l'appartement de la rue de la Buffa où la principale source de revenus était les voitures miniatures que, dès huit ans, tu construisais pour les vendre à l'école.

Enfants et parents d'élèves se les arrachaient, à cause d'une option que tu étais le seul fabricant de jouets à offrir dans les années vingt : la nuit tombée, les phares s'allumaient. En fait, tu attrapais des lucioles et tu grattais leurs ailes avec la pointe d'un canif, avant de les relâcher, puis tu emprisonnais les particules de phosphore dans deux morceaux de verre que tu collais au-dessus de la calandre. Les *René-Mobiles* – que tu rebaptiserais à la puberté *Cauwelaert-Toys*, pour cibler le marché américain – faisaient pour l'instant bouillir à feu doux la marmite familiale, mais ne manqueraient pas de t'assurer une fortune considérable dès que tu aurais de quoi déposer la marque. Suzanne attendait donc impatiemment le versement des dommages de guerre pour financer ta prise de brevet. Ton père avait conçu à dix-huit ans les briques réfractaires du XXe siècle ; tu serais à treize ans l'inventeur mondialement célèbre de l'éclairage des modèles réduits – on comprend pourquoi j'avais tant à cœur de reprendre le flambeau, à ma façon, en voulant devenir à sept ans et demi le plus jeune auteur édité sur terre.

Bref, je connaissais tes malheurs de naissance, ton rêve de gloire enfantine et la cadence de tes productions automobiles dans la cuisine familiale – j'ignorais le reste. L'affaire des dommages de guerre, en fait, se présentait mal. Suzanne ne disait rien, faisant toujours bonne figure entre l'autorité de sa mère et la créativité de son fils, mais les nouvelles transmises par son notaire parisien étaient alarmantes.

Au moment de sa mobilisation, Eugène avait eu, face à la crainte de mourir à la guerre, le genre de réflexe généreux que tu reproduirais vingt-six ans plus tard. Pour mettre à l'abri du besoin son frère unique, dilettante et joueur invétéré, il lui avait donné des parts dans son entreprise, et un poste de cadre plus ou moins fictif qui lui assurerait, quoi qu'il arrive, un salaire décent. Certain que sa femme ne manquerait jamais de rien, face à la demande croissante de briques réfractaires dans toute l'Europe, et ignorant comme elle que tu venais d'être conçu, il partit se faire tuer le cœur en paix.

Treize ans après la destruction de son usine par les obus allemands, les dommages de guerre n'étaient toujours pas versés, à cause du frère dilettante qui avait introduit un recours pour s'en emparer. Un jour, à ton retour de l'école, ta grand-mère t'annonça que Suzanne était partie en catastrophe à Paris. Tout ce qu'elle lui avait dit, c'était :

– Je dois parler au notaire.

Trois jours plus tard, elle n'avait toujours pas donné de nouvelles. Tu téléphonas au notaire, un ami de la famille qui t'avait fait sauter sur ses genoux. Très surpris, il répondit qu'il n'avait reçu aucune visite de Suzanne. Chez sa cousine Haydée, sur la butte Montmartre où elle séjournait quand elle montait à Paris, même réponse : personne n'avait vu ta mère.

Très inquiet, tu fonças à la gare, pour demander si son train avait eu un accident. L'employé vérifia, te rassura. Tu donnas la description de Suzanne, et il lança une recherche.

Le lendemain, il t'apprit qu'une jeune femme correspondant au signalement avait été maîtrisée par deux contrôleurs à la hauteur de Savigny-sur-Orge, après que, dans une crise de démence, elle eut déchiré ses vêtements et ses papiers d'identité. En gare de Paris, la forcenée avait été remise aux mains de la police. C'était tout ce qu'on savait.

Tu ne dis rien à Hortense, sur qui les émotions violentes avaient un effet cataclysmique ; tu lui fis croire que sa fille avait besoin de toi pour signer des papiers, et tu pris aussitôt le train pour la capitale. Là, grâce à un chef de gare et un commissaire compréhensifs, tu finis par retrouver ta mère à l'hôpital de la Salpêtrière, dans la salle commune, parmi des fous hurlants attachés aux barreaux de leur lit.

Suzanne, qui criait avec les autres, se calma soudain en te découvrant.

– Ah, René, tu es venu ! Attention aux arbres, en sortant ! Les platanes sont en guerre contre les marronniers : tu vas être pris entre deux feux. Méfie-toi des branches, mon chéri !

Puis elle replongea dans les modulations du hurlement collectif. Tu la fixais, hébété. Le médecin-chef te ramena dans son bureau. Il te dit que ce qui venait de se passer était merveilleux, inespéré. Les larmes en travers de la gorge, tu ne comprenais pas. Tu venais de recevoir en plein cœur l'évidence que ta mère avait perdu la raison, et lui, l'homme en blanc, il se frottait les mains, il se réjouissait en te servant un verre d'eau.

– Elle vous a reconnu, jeune homme ! Vous ne vous rendez pas compte : dans l'état de démence et d'amnésie totale qui est le sien depuis quatre jours, malgré nos traitements, c'est totalement inespéré ! C'est la preuve qu'elle est récupérable. Revenez chaque jour, à la même heure, ne restez que deux minutes, puis trois, puis cinq... Laissez-la vous attendre : à travers vous, elle va retourner peu à peu dans vos souvenirs communs, dans le monde réel. Vous verrez, ça marchera : elle retrouvera sa raison, elle retrouvera sa mémoire.

Tu remontas à Montmartre, chez la cousine Haydée qui t'hébergeait. Chaque jour, tu prenais le bus jusqu'à la Salpêtrière, et tu restais de plus en plus longtemps au chevet de ta mère, qui à présent intercalait dans le récit de la guerre végétale encerclant l'hôpital des petits détails intimes de votre vie à Nice. Elle te demandait combien faisaient six fois douze, de qui était *La Belle au bois dormant*, ce qu'avait mangé Hortense à midi et comment allaient tes voitures à lucioles.

Un jour enfin, sans que tu aies rien brusqué, comme l'avait dit le médecin, elle recouvra toute sa mémoire, jusqu'au trou noir dans lequel elle avait sombré en gare de Savigny. Elle se rappela pourquoi elle avait sauté dans le premier train. Elle trouva les mots pour exprimer l'état de choc dans lequel l'avait plongée la lettre reçue de Paris.

Quand elle eut terminé son récit, tu l'embrassas sur le front, tu lui dis :

– Je m'en occupe.

Et tu remontas vers Montmartre. Mais, au lieu de rentrer chez la cousine Haydée, tu t'arrêtas dans un bar de Pigalle. Le plus louche et le plus convivial, plein de nervis à casquette et de putes alléchées par ton air provincial. Tu avais treize ans, tu en paraissais dix-sept. Tu étalas sur le comptoir ton argent de poche – le chiffre d'affaires mensuel des *René-Mobiles* – et tu dis que tu voulais acheter une arme. Le patron posa une soucoupe sur tes billets, adressa un signe à l'un des nervis qui tapaient le carton, et te fit passer dans l'arrière-boutique.

Tu en ressortis quelques minutes plus tard, délesté de ta fortune, mais la poche gonflée par un pistolet à moyen calibre. Et tu allas sonner à la porte de Me B., le notaire de la famille. Sa femme t'accueillit avec surprise, tendresse et inquiétude : avait-on retrouvé ta maman ?

– Je veux voir Etienne.

Devant la gravité de ta voix, elle imagina le pire et t'introduisit aussitôt dans le bureau de son mari. Le notaire leva de ses dossiers un visage aimable.

– René, mon lapin, comme tu as grandi ! On a des nouvelles de Suzanne ?

Tu refermas la porte, tu donnas un tour de clé, et tu te retournas vers lui. Oui, on avait des nouvelles. A cause de lui, elle était devenue folle, et tu étais venu le tuer. Cramponné de saisissement à son fauteuil, il vit le pistolet jaillir de ta poche et se pointer vers son cœur.

– René, attends, c'est un malentendu !

Affectant un sang-froid que j'imaginais conforme à la précision glacée avec laquelle tu me racontais la scène, tu lui répondis que non, il n'y avait pas de malentendu : ta mère t'avait tout raconté. Mot pour mot, tu lui citas la lettre où il invitait Suzanne à signer l'acte de renonciation aux dommages de guerre. Le frère d'Eugène avait été reconnu associé de fait – ce qui était proprement inconcevable, à moins de soup-çonner un arrangement entre les parties adverses, sur le dos de ta mère. Tu connaissais l'affaire par cœur. Tu avais étudié des nuits entières le dossier qui empêchait ta maman de dormir, et où tu puisas sans doute ta vocation d'avocat au service de la veuve et de l'orphelin – vous-mêmes, au départ. Tu avais la preuve que votre notaire avait escamoté les divers documents qui, de par la volonté de ton père et la structure de son entreprise, fondaient sa légataire universelle à bénéficier seule des dommages de guerre. Tu avais la preuve que Me Etienne B. avait trahi ta mère. Et il allait mourir.

Ton doigt pressa la détente. Le notaire poussa un hurlement, en se tenant le cœur à deux mains. Mais tu n'avais pas entendu de détonation. Tu tiras deux autres coups, et l'ami de la famille s'écroula sur le tapis. Evanoui de peur. Le pistolet, lui, n'avait pas craché de balles. Pourtant, le vendeur l'avait chargé sous tes yeux. En fait, devant un gamin à l'air aussi déterminé, le nervi de Pigalle s'était révélé humain à défaut d'être honnête, et t'avait délibérément sauvé de la prison pour meurtre en te vendant à prix d'or une arme enrayée. C'était du moins ta conclusion, fruit de cette lucidité entachée d'optimisme qui demeura jusqu'au bout le trait marquant de ton caractère.

– Mon Dieu, René, que se passe-t-il ? criait Raymonde B. qui tambourinait à la porte.

– Demande-lui, dis-tu en sortant de la pièce.

Et, tandis qu'elle se précipitait au chevet de ta victime, tu t'en allas avec le sentiment d'avoir vengé ta mère tout en étant devenu un assassin. Toi qui, plus tard, affirmerais si souvent dans tes plaidoiries que nous ne sommes pas résumables à nos faits et gestes, tu étais intimement convaincu, depuis ce jour de tes treize ans, que le passage à l'acte nous implique davantage que ses effets réels.

*

Le notaire s'abstint non seulement de porter plainte, mais encore de relater l'incident à quiconque, et il s'empressa de se faire oublier en transmettant à un confrère le dossier qui, des années plus tard, finit par se régler au bénéfice de ta mère.

Ton crime virtuel resta secret. Si tu n'eus à subir d'autres conséquences que les remous de ta conscience, la vie, qui souvent repasse les plats, t'offrit dix ans plus tard une étonnante revanche en forme de tentation. Jeune avocat à peine installé à ton compte, tu reçus en effet à ton cabinet un appel de la femme que tu avais failli rendre veuve.

En vacances à Nice comme chaque été avec son mari, elle te demandait un rendez-vous d'urgence. Tu la reçus, un peu fraîchement. Mme B. éclata en sanglots dans tes bras. Elle t'avoua que son mariage avait toujours été un enfer, et que ses malheurs conjugaux l'avaient rendue kleptomane. Elle venait de se faire prendre en flagrant délit aux Galeries Lafayette, le magasin avait porté plainte et, si son mari l'apprenait, il la tuerait pour étouffer le scandale avant de mettre fin à ses jours. Il avait un tel sens de l'honneur, ajouta-t-elle en oubliant à qui elle parlait.

Tu la regardas pleurer. Tu réfléchis un long moment. Une deuxième fois, tu tenais entre tes mains la vie du salaud qui avait trahi ta mère. Tu acceptas de t'occuper de l'affaire, tu réussis à faire acquitter la kleptomane, et le notaire n'en sut jamais rien.

J'entends encore ta conclusion résonner dans mes oreilles de treize ans, avec ce mélange de lyrisme et de simplicité qui reflétait le fond de ton âme :

– La vengeance est un plat qui se mange froid. Moi je l'ai réchauffé, et je n'y ai pas touché.

A mesure que j'écris ce livre – sans autre plan, pour une fois, que l'enchaînement des émotions –, j'ai l'impression de purger ta conscience en encrassant la mienne. Mais je le vis plutôt bien. Toi aussi, j'espère.

En 1982, lors de ma première séance de signatures dans une librairie niçoise, tu étais venu me « prêter main-forte ». Malgré tes efforts pour attirer le chaland, je n'eus qu'une seule acheteuse. Elle examina longuement ma dédicace, puis laissa tomber avec une désinvolture catégorique :

– Mythomanie perverse d'origine schizophrène, tendances à occulter l'Œdipe par des pulsions de violence.

– Je suis son père, lanças-tu aussitôt, avec un dosage égal de fierté et de mise en garde.

Elle te toisa d'un air prudent. Puis elle esquissa le sourire poli de ceux qui dégagent leur responsabilité face à l'irrémédiable :

– Eh ben... Heureusement qu'il écrit.

Et elle partit sans payer. Tu réglas son achat en pestant contre les charlatans péremptoires, ce qui nous évita de commenter son verdict. La graphologue n'avait peut-être pas entièrement tort. S'il ne m'est jamais arrivé, enfant, de tirer à bout portant sur un ami de la famille, c'est que j'usais toutes mes cartouches sur le papier. Mais ça ne m'a pas empêché dans la réalité, à plusieurs reprises, avec sang-froid et préméditation, d'éliminer les auteurs de mes jours.

En fait, le petit garçon assez immonde que j'étais, sous des dehors particulièrement aimables, n'avait pas le complexe d'Œdipe mais celui d'Ariane. Ainsi que me l'expliquerait un jour le Dr Plomb, je ne pouvais me défendre de casser mon fil pour faire des nœuds, afin d'en renforcer la solidité par les apports de la fiction, indiquant par là même aux Thésée des cours de récréation le chemin de mon labyrinthe. S'il le dit. S'agissant du cordon ombilical, en tout cas, il faut reconnaître que j'ai tranché dans le vif.

J'ai déjà raconté comment, à ton insu et pour raisons généalogiques, je m'étais à sept ans déchu de ta paternité. L'année d'après, ce fut le tour de ma mère. Mais le procédé varia, pour elle : je ne l'ai pas reniée, je l'ai substituée. On peut naturellement me prêter des mobiles d'ordre psychanalytique ; ils furent en vérité capillaires.

La comtesse Paule, comme je l'appelais en son absence devant mes copains, avait des cheveux d'une longueur et d'une beauté qui la faisaient ressembler, je l'ai dit, à l'actrice Joan Crawford. Un jour, dans une volonté d'indépendance, de changement ou de rétorsion, elle décida de les couper sans prévenir. Ayant quitté le matin Joan Crawford, je tombai en rentrant de l'école sur Arlette Laguiller. Le choc fut terrible. Avec sa coupe au bol hérissée de pointes, elle n'avait plus rien de mystérieux, d'élégant, de fatal : l'aristocrate impérieuse s'était changée en femme banale. Elle n'était plus digne de moi, elle n'était plus digne de toi, elle n'était plus digne de rien.

Le lendemain, en arrivant à l'école, je lui réglai son compte :

– Vous avez vu ma mère ?

Les copains acquiescèrent. Elle m'avait déposé en voiture, et j'avais prétexté une crevaison à l'arrière pour qu'elle sorte exhiber sa boule à zéro. Irritée par les klaxons au milieu de l'embouteillage, elle m'avait traité d'abruti : le pneu était parfaitement gonflé.

– Vous n'avez rien remarqué ?

– Ben si. Ses cheveux.

– Y a pas que ça. Regardez la gueule qu'elle fait, et puis sa façon de parler… Vous trouvez qu'elle est comme d'habitude ?

– Ben non.

– C'est normal : c'est pas elle.

– Comment ça ?

– Ils l'ont enlevée. Ils m'ont filé un sosie à la place, et je fais semblant de rien remarquer.

Une immense perplexité retomba sous le préau. Je m'étais préparé à un feu roulant de questions, à base de « pourquoi ? ». La première réaction ne fut pas celle que j'attendais. Olivier Plomb, le futur psy des magazines féminins, demanda sur un ton d'expert :

– Elle a le petit doigt rigide ?

A l'époque, la technique de substitution des personnes était très utilisée dans la série *Les Envahisseurs*, mais le complot dont j'étais victime venait plus vraisemblablement de la cour de Belgique que d'une autre planète. Je fis non de la tête, au grand dam d'Olivier Plomb qui voyait des Martiens partout.

– Ils ont pris une femme qui ressemble à maman, et

ils lui ont lavé le cerveau. Ils lui ont fait apprendre ma vie par cœur, mais elle a des trous.

– Et qu'est-ce qu'ils veulent ? s'effraya Toselli, le petit gros du Crédit agricole, qui prenait toujours mes histoires pour argent comptant.

– Je sais pas. Et je vois pas ce que je peux faire.

Mon aveu d'impuissance rendait presque crédible l'énormité de la situation. Il présentait l'avantage supplémentaire de solliciter leur imagination, chacun y allant de son hypothèse pour justifier un phénomène qui, du coup, prenait corps dans la réalité.

– C'est pour te zigouiller quand tu t'y attendras le moins, diagnostiqua Olivier Plomb.

– Mais non, tu exagères, dis-je en savourant l'incrédulité que j'affichais d'un air modeste.

– C'est pour t'espionner, alors, réfléchit un grand maigre qu'on surnommait Averell, à cause des Dalton.

– Et la vraie, qu'est-ce qu'elle est devenue ? s'effraya soudain Olivier Plomb.

– Ils l'ont liquidée, répondit Averell, aujourd'hui gendarme en Franche-Comté.

Je l'assurai du contraire : ils la gardaient certainement au frais quelque part, afin qu'elle serve d'aide-mémoire si jamais sa doublure se trouvait en difficulté. Mon assertion ne parut pas convaincre Averell, qui s'abstint de me contredire pour me laisser un espoir.

– Et ton père, il n'a rien remarqué ?

Je me tournai vers Guy de Blégor, le fils des pompes funèbres Isnard, Gilletta et H. de Blégor. C'était l'autre aristocrate de la classe, mais ses origines funéraires atténuaient la concurrence. Me réclamant à la fois de la noblesse d'épée et de la noblesse de robe, je n'avais pas à m'incliner devant la noblesse de bière. Jaloux de mon sang bleu qui narguait son formol, Guy de Blégor était le chef du clan des sceptiques.

Je répliquai :

– Bien sûr qu'il a remarqué, mon père, comme vous ! Il a bien vu que c'était plus la même femme. Mais qu'est-ce que tu veux qu'il fasse ? On a décidé de lui jouer la comédie, comme ça on a un avantage sur elle.

Olivier Plomb se gratta la nuque, pensif. Lui qui fantasmait tant sur ma mère, depuis qu'il la croyait la favorite du roi des Belges, était partagé entre la perte de ses repères et l'opportunité que pouvait lui offrir la situation, s'il parvenait à persuader la doublure qu'ils avaient eu des rapports intimes. Il vient de me faire cette confidence étonnante en guise de condoléances, après avoir lu ton avis de décès dans *Nice-Matin*.

– C'est n'importe quoi, trancha Guy de Blégor. On ne remplace pas comme ça une femme, du jour au lendemain.

– Et qu'est-ce que t'en sais ? riposta Toselli, qui me croyait dur comme fer et voulait toujours faire mordre la poussière à mes détracteurs.

– Il raconte tout le temps des conneries.

– Connard toi-même ! On le voit bien, que c'est plus sa mère !

– C'est pas une preuve.

Je m'interposai, très calme :

– Vous n'avez qu'à venir l'observer, si vous ne me croyez pas.

Et je les invitai chez moi pour les prendre à témoin – c'est-à-dire pour qu'ils la prennent en défaut.

– Chiche, s'empressa Olivier Plomb.

Le commando vint opérer une reconnaissance à

l'heure du goûter. Je ramenais rarement des copains à la maison, sachant que le décor de ma vie quotidienne n'était pas à la hauteur de mes inventions. Quand on s'étonnait de mon petit train de vie, me demandant par exemple pourquoi mon père roulait en Ford Taunus et pas en Rolls, je répondais : « Par discrétion », mais je n'avais pas d'autre argument.

Surprise de nous voir débarquer à cinq, la ratiboisée qui se faisait passer pour maman ne cacha pas sa contrariété.

– Tu aurais pu me prévenir.

– Pardon, mère.

– Bon, soupira-t-elle, qu'est-ce que vous voulez boire ?

Les copains passèrent commande, avec circonspection. Tandis qu'elle ouvrait le frigo, je leur glissai tout bas :

– Vous avez vu ? Quand je l'appelle « mère », d'habitude, elle déteste. Là, elle a pas réagi.

– Ça prouve rien, grommela le fils des pompes funèbres.

– C'est vrai qu'elle est pas comme avant, chuchota Olivier Plomb. Moi, elle est toujours sympa quand elle me voit. Là, on dirait qu'elle me fait la gueule.

J'écartai les bras, fataliste, pour souligner la justesse de sa remarque. En réalité, comme tu lui avais reproché aussi vertement que moi sa nouvelle tête, elle était d'une humeur massacrante qui, la changeant du tout au tout, alimentait la thèse de la substitution.

– Son parfum, c'est pas le même, remarqua Toselli à mi-voix, pendant qu'elle pressait un citron.

– Et puis ses yeux, ils sont pas pareils, décréta Averell.

– Et l'orangeade, elle met jamais de citron, appuya Olivier Plomb qui jouait les habitués de la maison.

Je les regardais, satisfait, mordre à l'hameçon, ajouter leur grain de sel et pratiquer la surenchère. Devant leur comportement bizarre, ma mère était de moins en moins naturelle, donnant à ma fable de plus en plus de vraisemblance.

– Qu'est-ce que vous avez à me regarder comme ça, enfin ?

– Rien, rien, se récriaient-ils. Tout va bien, madame.

– Bon, j'ai du travail. Vous rangerez la cuisine.

– Ne t'inquiète pas, mère, avais-je lancé avec un regard éloquent vers mes copains, soulignant une fois encore son absence de réaction.

Au-delà d'une déception esthétique, je crois comprendre aujourd'hui quelle raison m'avait poussé à transformer en impostrice cette maman aux cheveux ras. Elle dirigeait à l'époque une entreprise d'horticulture : patronne aussi crainte qu'admirée, elle faisait marcher tout son personnel à la baguette, et moi-même j'avais l'impression d'être traité comme un employé. En fait, je crois que j'avais besoin de reprendre le pouvoir sur elle avec ses propres armes, comme je le faisais avec toi en décuplant l'imaginaire que tu m'avais transmis. Face à elle, je voulais me sentir le chef d'une entreprise de copains, que je faisais marcher à la baguette magique de mes histoires. Elle que je n'avais jamais vue douter de soi, l'attaquer dans son identité était le seul moyen de la rendre vulnérable.

Je pense aussi que, de manière moins consciente, je me vengeais des disputes cinglantes qui éclataient parfois entre vous derrière le mur de ma chambre, toujours pour les mêmes motifs : son besoin d'espace et ton abandonnite. Dès qu'elle te faisait une réflexion sur ton désordre, tu montais sur tes grands chevaux, déduisant de ses reproches qu'elle ne t'aimait plus. Elle se forçait alors à mettre de l'eau dans son vin pour éteindre le désespoir qui te rendait fou furieux, et elle détestait cette situation de repli qui semblait te rendre justice alors que tu étais dans ton tort. Scénario immuable. Vous vous êtes aimés sans un nuage pendant plus de cinquante ans, mais avec ces coups de tonnerre ponctuels qui, dans votre ciel bleu, étaient d'autant plus insupportables pour moi. Je ne voulais que l'harmonie dont vous m'aviez donné le goût. Lorsqu'elle volait en éclats, empoisonnant la réalité, je n'avais d'autre antidote que mon imaginaire. D'autre moyen d'action que les ratures. Mon arme blanche était le Corrector : quand vous cessiez de vous ressembler, je vous effaçais. Et j'inventais par-dessus.

Ma mère n'a jamais soupçonné l'imposture dont elle était victime ; elle va l'apprendre en lisant ces lignes et je lui en demande pardon, mais c'était pour son bien. J'avais à cœur de pouvoir toujours l'admirer et l'aimer, même si elle s'était rendue méconnaissable. Alors je lui jouais à son insu un tour de cochon : je devenais fautif à mes yeux et, du coup, je cessais de lui en vouloir.

– Un jour, quand même, tu devrais voir un psy, me conseilla Olivier Plomb en 1993 après avoir lu *Cheyenne*, le roman où je dévoilais certaines des mystifications de mon enfance.

Hélas pour lui, trois facteurs me rendent impropre à l'analyse sur divan : je me connais très bien, je préfère m'intéresser aux autres, et mes problèmes psychologiques sont un carburant que je ne laisserai jamais personne me siphonner contre paiement.

Pour l'heure, dans la cuisine d'où venait de sortir la copie non conforme de ma mère, le futur maître à penser des journaux féminins avait joint son soupir de soulagement à ceux de ses camarades :

– On a eu chaud ! Elle a failli voir qu'on l'avait démasquée.

Je m'offris le luxe de leur reprocher leur manque de discernement : c'est moi qui aurais des ennuis si elle se doutait de quelque chose, pas eux ! Vraiment, ils auraient pu se montrer plus discrets devant une professionnelle de l'espionnage. La nervosité avec laquelle elle nous avait plantés là était un très mauvais signe.

– Ça prouve rien, rechigna Guy de Blégor qui, face à tant d'indices troublants, avait perdu un peu de sa superbe. Moi aussi, ma mère, des fois, c'est plus la même.

– C'est parce qu'elle a ses ragnagnas, lui expliqua Olivier Plomb. Ça me fait pareil avec la mienne, une fois par mois. Sauf que pour Paule, c'est vraiment un sosie. Et pas ressemblant, en plus.

– C'est vrai, confirma Toselli en se beurrant une troisième tartine. Ils auraient pu en trouver une mieux.

– Ou lui acheter une perruque, renchérit Averell.

– Ils ont pas eu le temps, justifiai-je.

– C'est ça, ricana Blégor. La reine Babiola s'est réveillée un matin en se disant : « Vite, faut qu'on lui change sa mère », et elle a pris ce qui lui tombait sous la main.

– *Fabiola*, rectifia Toselli d'un ton sec.

– Blégor a raison, dis-je pour désamorcer l'adversaire.

– Mais pourquoi ils te font ce coup-là aujourd'hui ? s'empressa Toselli, qui détestait me voir perdre pied devant l'esprit terre à terre du croque-mort. Il s'est passé un truc spécial ou quoi ?

J'adorais ce fils de banquier qui me faisait crédit avec une voracité maladive, un besoin de rêver à tout prix qui me donnait des ailes. Il est mort d'une overdose à vingt ans.

– Venez, on sort, décidai-je avec une gravité soudaine. Je peux pas parler ici.

Toselli se mordit les lèvres, à la pensée qu'il pût y avoir des micros dans la cuisine.

Sur le trottoir, je leur révélai que Fabiola, en effet, avait mis une espionne à la place de maman parce qu'il y avait urgence : les Nations unies venaient d'entamer des négociations secrètes pour m'installer sur le trône de Belgique quand je serais grand, parce qu'elles avaient peur d'une révolution comme chez les Russes, si jamais Baudouin Ier mourait sans héritier.

– C'est quoi, les Nations unies ? s'informa Averell.

– C'est tous les pays du monde qui se réunissent pour décider où y aura la guerre, expliqua Guy de Blégor, et il ajouta d'un ton sarcastique : Tu parles comme ils s'en tapent, de la Belgique. C'est tout petit et y a que des frites : les Nations unies ont autre chose à branler.

– Ah oui, tu crois ?

Je souriais d'un air fin, à peine goguenard, sûr de moi et de l'importance de mon royaume.

– Donne-lui une preuve, me supplia Toselli.

– OK. Vous l'aurez demain.

C'est là qu'entre en scène un personnage clé de mon enfance, sorte de Merlin l'Enchanteur envoyé par la Providence pour être le complice involontaire de mes fictions. Malgré ta stature, ton imaginaire et tes effets de manches, c'était le seul adulte à côté de qui tu paraissais riquiqui, mais je ne lui en voulais pas. J'avais trop besoin de lui.

Colosse tiré à quatre épingles, cent vingt kilos, l'œil bleu lavande, la chevelure immaculée et l'accent sud-américain, mon enchanteur Merlin était le fils de don Gustavo Guerrero, président fondateur de la Cour internationale de justice de La Haye. Les deux tantes de ma mère avaient travaillé comme cuisinières à la Chispa, la magnifique propriété que possédait le président sur les hauteurs de Nice, et elles avaient le même âge que Gustavo Guerrero Junior – qui, pour plus de commodité, était couramment appelé dans son dos Gustavito. Diminutif qu'on lui donnait encore à soixante-treize ans lorsque je l'ai connu, et qui offrait un contraste saisissant avec l'ampleur majestueuse de ce grand buveur jamais ivre, parangon des bonnes manières et d'un sans-gêne absolu. Devenu ambassadeur du Salvador à la suite de son père, il présentait physiquement l'intéressante synthèse entre Peter Ustinov, Marlon Brando et Winston Churchill.

Après le décès des parents Guerrero et la vente de la Chispa, Son Excellence Gustavito, qui n'aimait pas l'hôtel, avait pris l'habitude, lors de ses fréquents séjours sur la Côte d'Azur, de descendre avec un naturel parfait chez les anciennes domestiques de son père.

Les deux sœurs se retrouvaient alors forcées de partager la même chambre pour donner le meilleur lit à « Monsieur », qui se laissait bichonner sans vergogne comme un gros coq en pâte, souvent accompagné de celle qu'il baptisait son « attachée diplomatique » – une ravissante Chilienne de vingt-cinq ans nommée Rosi qui incendiait mes rêves de petit garçon. Mais la qualité principale du pique-assiette qui s'incrustait chez mes grands-tantes était sa Mercedes 600 Pullman, somptueuse limousine qu'il conduisait lui-même pendant ses vacances, et qui portait les plaques d'immatriculation du corps diplomatique.

Gustavito m'aimait bien, et il compensait sa pingrerie de grand seigneur par une propension enjouée à vouloir rendre service à tout le monde. J'en fis donc mon chauffeur. Situation qui offrait l'avantage, sinon d'abolir, du moins de compenser l'esclavage de mes grands-tantes, tout en accréditant le statut de réfugié politique dont je bénéficiais à titre de royal héritier en danger de mort violente.

Bien calé sur la banquette en cuir fauve à l'arrière de la Mercedes 600, les pieds négligemment posés sur le bar en marqueterie et le coude à la portière, je saluai du plat de la main mes camarades en arrivant devant l'école. Ils s'approchèrent, médusés, faisant le tour de la limousine dont je sortis avec simplicité, en lançant à l'adresse du chauffeur :

– A tout à l'heure, Gustavito.

– C'est qui ? lancèrent en chœur les copains dès que la Mercedes eut redémarré.

– Le garde du corps que m'envoient les Nations unies, pourquoi ?

– Arrête tes conneries, grinça Guy de Blégor.

– Demandez-lui, si vous ne me croyez pas.

A la sortie de midi, la moitié de ma classe guettait sur le trottoir la Mercedes 600. Tandis que je grimpais à l'arrière, Guy de Blégor s'enhardit à toquer d'un doigt replié sur la vitre du chauffeur qui s'abaissa électriquement.

– Pardon, m'sieur, mais c'est quoi, vot' métier ?

Un sourire d'une suprême élégance éclaira la face lisse et rose du corpulent septuagénaire. Avec l'accent latino-américain qui rocaillait dans sa voix de basse, il répondit :

– Jé réprésente mon pays auprès dé l'Organisation des Nations ounies.

Et il enchaîna tout naturellement, avec sa manière inimitable de hisser à son niveau chacun de ses interlocuteurs :

– Toi-même, jeune homme, à quelle carrière té destines-tou ?

Blégor resta bouche bée. Un peu sadique, je répondis pour lui :

– Croque-mort, comme son père.

Le diplomate lui posa sur l'épaule une main qui le tassa de dix centimètres :

– Bravo, il faut toujours prendre la souccession.

Et il partit de son rire calme et traînant qui s'achevait généralement, on ne savait trop pourquoi, par deux mesures d'une chanson grivoise de son pays :

– *Chiquiriquitinn, chiquiriquitann...*

– A la maison, Gustavito, merci, ordonnai-je pour abréger les familiarités.

Je dois à cet excellent homme, qui me donnait la réplique avec une justesse sans faille, d'avoir diffusé autour de moi, entre huit et dix ans, une gloire que ne purent éclipser, par la suite, ni le prix Goncourt ni mon service militaire avec le chanteur Patrick Bruel.

*

Nous prenions quelques copains à bord, de temps en temps, quand il pleuvait. Ils se sentaient les maîtres du monde à l'arrière de la voiture d'apparat. A leurs yeux j'étais devenu pour de bon, ça ne faisait plus un pli, le malheureux bâtard écarté de la couronne sur lequel l'ONU avait décidé de miser. Gagné à ma cause par l'intérêt que lui avait témoigné mon ambassadeur, Guy de Blégor se voyait déjà, en lettres d'or sur le flanc de ses cercueils, « fournisseur officiel de la cour de Belgique ».

Un jour où notre garde du corps nous attendait, en lisant au volant les pages hippiques de *Nice-Matin,* deux motards de la police municipale toquèrent à sa vitre. Des parents d'élèves avaient remarqué de loin ce gros homme pommadé d'une élégance suspecte qui faisait régulièrement la sortie des classes, et ils avaient alerté les forces de l'ordre sur la présence d'un éventuel pédophile devant l'école des Magnolias. En trois secondes, Guerrero métamorphosa les motards circonspects en lèche-bottes obséquieux et, comme mon copain Toselli avait un anniversaire à l'autre bout de la ville, ils acceptèrent au garde-à-vous de nous ouvrir la route à coups de sifflet sur leurs motos.

Tête des parents d'élèves.

*

Gustavo Guerrero, deuxième du nom, acheva sa carrière à Rome comme ambassadeur auprès du Saint-Siège. Je le revis de temps en temps, adolescent. Il me donnait chaque fois une médaille bénie par « son grand ami Paul VI », même après sa retraite. Mes grands-tantes avaient déménagé dans un appartement plus petit, auquel son gabarit lui interdisait l'accès. Il s'installa une partie de l'année à Cagnes-sur-Mer, près de l'hippodrome, mais ses affaires n'étaient plus très florissantes. Ses costumes trois-pièces taillés sur mesure à Londres, toujours impeccablement repassés, montraient des luisances d'usure et quelques reprises. La Mercedes avait disparu. Quand il venait déjeuner chez nous en famille, il se faisait accompagner par un pêcheur du Cros-de-Cagnes qui se mettait en quatre pour lui. Aussi empressé qu'enthousiaste, « son grand ami Lulu » le trimbalait partout dans une petite Simca 1000 où il était comprimé comme un airbag, et l'appelait d'un ton gourmand « Votre Excellence ». Le diplomate le priant avec insistance d'employer le tutoiement, le pêcheur obtempérait parfois au moment des digestifs, tournant vers moi ses efforts de familiarité :

– Avec Ton Excellence, hier, on est allés aux oursins.

La dernière image que je garde de Gustavito est celle d'un vieil hercule à la peau de bébé, légèrement amorti, qui, après avoir ingurgité sans le moindre effet apparent ses trois Ricard purs, ses deux bouteilles de bourgogne et son Cointreau, se glissait presque sans effort dans la petite voiture qui semblait écarter ses montants pour l'accueillir. Et, de son bras d'alpaga enchâssé dans la portière, mon ancien garde du corps me saluait façon reine d'Angleterre, en me souhaitant des amours multiples et généreuses, *chiquiriquitinn, chiquiriquitann.*

Il mourut quelque temps plus tard, laissant inconsolable une famille de pêcheurs du Cros-de-Cagnes, et brisant le cœur d'Annonciation (née Annunciata en Italie, abréviation Nunciatine, diminutif Didine), la plus jeune de mes grands-tantes, qui avait nourri pour lui depuis l'adolescence une passion impossible l'ayant empêchée de se marier. Agacée par les débordements de cette amoureuse transie, qui n'avait jamais parlé à l'élu de son cœur autrement qu'à la troisième personne, sa sœur aînée Margarita (francisée Margot), qui avait régné trente ans sur les fourneaux de la famille Guerrero, eut cette réflexion lapidaire pour endiguer le flot des larmes :

– Arrête avec tes « Pauvre Monsieur » ! Etre arrivé à plus de quatre-vingts ans avec tout ce qu'il a bu, c'est déjà bien beau.

Et elle ajouta cette phrase qui m'enchante :

– Il ne pourra pas dire.

Depuis qu'elle était veuve, elle formait avec sa sœur, dotée d'un gabarit très supérieur, un duo de Laurel et Hardy aussi désopilant que poignant. Margot n'était jamais allée à l'école, mais son humour inné lui avait donné l'une des intelligences les plus percutantes que j'aie connues. Il faut dire que son histoire d'amour avec Panaïotis (surnommé Marius, on n'a jamais su m'expliquer pourquoi) l'avait fait évoluer sur toute la gamme des sentiments, de la passion trépidante à la tragédie bien gérée.

Orphelin de millionnaires grecs, Marius s'était expatrié du jour au lendemain, à sa majorité, en découvrant que son oncle avait détourné son héritage. Quand Margot l'avait rencontré, il gagnait sa vie comme docker sur le port de Nice. Tombée raide amoureuse de ce grand athlète ténébreux, elle le fit engager comme chauffeur par les Guerrero, et le conte de fées commença. Dix mois sur douze, ils avaient pour eux tout seuls l'immense palais de Cimiez dont ils assuraient l'entretien – aidés par la sœur Didine, qui vécut toujours dans la chambre d'enfant de ce couple qui n'en avait pas eu. Puis soudain Madame téléphonait :

– Margot, nous arrivons de Genève ce soir à six heures, préparez un dîner de gala, nous serons trente.

C'étaient les termes du contrat : disponibilité permanente et totale pour faire face à l'improviste, qui était la règle de vie des Guerrero. Alors, tandis que Didine briquait l'argenterie, Marius et Margot sortaient du garage la Chrysler de six mètres cinquante, dont ils allaient remplir le coffre au marché du cours Saleya.

Le soir, tout était prêt pour les trente convives. Mais si par malheur ils étaient trente-deux, Margot entrait dans une de ses terribles colères froides, et convoquait Madame à la cuisine pour lui passer un savon, avant de la renvoyer à ses invités en martelant :

– Trente, c'est trente, et pas trente-deux ! Et quand on n'est pas sûre, on dit trente-quatre ! Compris ? Allez, bon appétit, mais que je ne vous y reprenne pas !

Et puis Marius eut un accident, et on lui coupa les deux jambes. Le dernier appartement où je connus ce trio de choc était le logement de fonction que ma mère, après notre déménagement, leur avait laissé au-dessus des serres de l'entreprise horticole. Ma chambre était devenue celle d'un vieil infirme. Le voir évoluer à ma place, en fauteuil roulant, dans ce décor de mes premières années a joué, d'après le Dr Plomb, un rôle clé dans l'évolution de mon rapport-à-l'autre au fil de mes romans. Dont acte.

*

A la faveur des grandes vacances, les cheveux maternels avaient repoussé. Le lendemain de la rentrée scolaire, au nom de toute la classe, Olivier Plomb vint me déclarer avec un soulagement visible :

– Ça y est, alors, ils te l'ont rendue. On l'a tous reconnue.

Je m'inclinai devant le suffrage universel, et je redevins gentil avec ma mère en leur présence.

Puis ce fut toi qui, l'année d'après, avec ta prothèse de hanche en duralumin, leur apparus à la fin de ta convalescence complètement méconnaissable, marchant sans cannes, jouant au tennis et courant sur la plage avec moi.

– Ils te l'ont changé, lui aussi ? s'informa d'une voix d'outre-tombe Guy de Blégor.

Deux fois redoublant et brillamment poilu, il était le premier d'entre nous à muer – c'était mon tour d'être jaloux. M'emmêlant un peu les pinceaux dans mes jeux de rôle, j'hésitais entre la vraisemblance d'une nouvelle substitution et la fierté de revendiquer ce père ressuscité qui, désormais, était cent fois plus valorisant que Baudouin Ier, grand dadais binoclard qui se voûtait sous le poids du monde avec sa tête à inaugurer les chrysanthèmes.

Je choisis de révéler aux copains qu'à la dernière visite médicale, la reine des Belges s'était emparée des résultats de ma prise de sang. Coup de théâtre : ma mère avait trompé le roi Baudouin avec le comte René, avant ma naissance, et finalement j'étais bien le fils de mon père.

Les copains m'écoutaient, consternés. Tout ça pour en arriver là. Même pas bâtard. Je devins moins attractif. En plus, c'était l'âge où ils commençaient à s'intéresser aux filles. Faute d'amateurs, mes fictions furent dorénavant réservées au papier.

Noël 2000. Tu viens de t'asseoir en face de moi, dans la cuisine en désordre, sur la chaise de ta femme. Tu desserres ton poing gauche sur tes chaussettes qui s'affaissent, entre ta cuillère et ton bol. Je te les enfile, en te demandant pour la forme si tu as bien dormi. Tu ne réponds pas. Je te sers ton café, puis j'essaie de me repérer dans l'armada de tes gouttes homéopathiques. Tu ne veux rien manger. J'insiste. Tu me réponds avec brusquerie. Je me crispe, je te réplique que je fais ce que je peux ; ça ne sert à rien de m'agresser. Alors tu éclates en sanglots, dans ta robe de chambre en laine du Nord. La première fois de ma vie que je te vois pleurer. Tu me demandes pardon, mais tu n'en peux plus : c'est trop dur, c'est trop absurde, trop injuste. Toute la nuit, tu as prié pour mourir. C'est ça, le cours normal des choses : ta femme a dix-sept ans de moins, c'est à toi de partir le premier, tu n'as jamais eu peur de la mort, tu as mis toutes tes affaires en ordre depuis longtemps pour qu'elle ait un veuvage tranquille, et voilà que c'est elle qui se retrouve à l'hôpital avec une tumeur au foie, tellement grosse qu'elle ne saurait être bénigne. Tu refuses de la voir partir à ta place. Tu implores le ciel de prendre ta vie en échange de la sienne.

Je m'abstiens de commenter cette curieuse vision d'un Dieu qui se comporterait comme un patron de foot, négociant le transfert et le remplacement de ses joueurs. J'essaie de te rassurer comme je peux. Tu n'écoutes pas. Tu plaides. Tu plaides sa cause au nom de votre amour, au nom de sa jeunesse qu'elle t'a sacrifiée, au nom des années où elle t'a aidé à supporter la souffrance, au nom du sens qu'elle a redonné à ta vie.

– Tu comprends, je l'ai étouffée, je le sais bien ! C'est ma faute ! Chaque fois qu'elle a dirigé une entreprise, ça marchait du tonnerre, mais elle s'est arrêtée parce que j'avais besoin d'elle. J'aurais dû mourir depuis longtemps ; elle aurait remonté une affaire, elle aurait refait sa vie... Je le lui avais dit, je l'avais écrit – je suis sûr qu'elle a déchiré la lettre ! Et voilà le résultat.

Je n'ai pas compris à quoi tu faisais allusion, je n'ai pas demandé d'éclaircissement pour ne pas interrompre ce monologue d'amour truffé de sanglots, cet hymne à la femme de ta vie en forme de mea-culpa. Deux jours après ton enterrement, elle me montrera cette fameuse lettre que tu lui avais écrite en 1969, avant ton opération de la dernière chance.

Mon cher amour,
Je n'ai aucune appréhension, mais si jamais je devais disparaître, je veux ce soir te dire l'adoration que j'ai pour toi. Tu m'as donné les plus belles années de ma vie, tu m'as redonné la foi et la joie depuis le premier jour de notre rencontre...

Mon âme sera toujours auprès de toi et vous proté-
gera tous les deux. Pour notre fils, sois forte et sur-
monte ton chagrin. Tu dois lui faire comprendre qu'il
ne faut pas me pleurer, puisque mon âme vit encore et
vous aime.

Ne porte pas le deuil de moi ; conduis ta vie comme
nous l'avons conduite ensemble, notre vie commune :
l'essentiel seul compte.

Si un jour tu t'aperçois que la solitude est trop
lourde, ne te sacrifie pas comme l'avait fait ma pauvre
maman, refais ta vie.

Tout ce que tu feras sera bien, j'ai confiance en toi.
Je t'aime.

René

Mais ce matin de décembre 2000, je n'avais pas toutes les clés de la colère coupable dont tu me donnais le spectacle. Et je me suis tu, dans la cuisine désaffectée qui ne sentait rien, encombrée de barquettes sous vide et d'emballages de surgelés Picard – elle t'avait préparé une semaine de bons petits plats étiquetés dans le frigo, avant d'aller se faire enlever sa tumeur, mais tu n'avais pas le cœur à réchauffer en son absence ses navarins d'agneau, ses farcis à la niçoise, ses brandades et ses rôtis de veau farcis ; c'était encore pire que de feuilleter tout seul votre album de photos. Ce matin de décembre, je n'avais pas trouvé les mots pour tromper ta détresse, ou pour te conforter dans cet espoir absurde que tu plaçais dans l'autodestruction.

Je regardais tes yeux rougis, tes mèches hirsutes, tes joues mal rasées, ta robe de chambre tachée de dentifrice. Tu étais au fond du gouffre, et en même temps, depuis qu'elle était hospitalisée, tu avais rajeuni de dix ans. Tu t'étais remis à conduire, tu faisais les courses, la lessive, tu passais l'aspirateur, me dissuadant d'un « Laisse ! » un peu sec lorsque j'essayais de te soulager de ces tâches ménagères que ta femme t'empêchait toujours d'accomplir parce qu'elle aimait le travail bien fait.

Je me sentais comme un intrus à tes côtés, pour la première fois de ma vie. Tu étais muré, absent, autonome. J'avais annulé tout ce qui me retenait à Paris pour venir m'occuper de toi, et je me rendais bien compte que ma présence ne servait qu'à une chose : éviter qu'en plein hiver tu ne sortes pieds nus dans tes mocassins. C'est là que j'ai vraiment mesuré combien tu aimais ma mère. Il n'y avait pas de place pour moi dans ta douleur, dans ton refus, dans tes résolutions, dans ce moment où tu rassemblais ta vie pour l'offrir en échange de la sienne. Je ne t'en ai pas voulu une seconde. Je me retrouvais comme à sept ans et demi, derrière la porte de votre chambre, face à l'annonce de ton suicide prochain. Et je te comprenais, là encore. Tu étais obligé de mettre entre parenthèses ce que tu éprouvais pour moi : ça t'aurait retenu, freiné ; ça aurait diminué l'intensité de tes prières, l'efficacité de tes négociations avec le ciel.

Et tu fis un sans-faute. Si Dieu ne t'exauça qu'à moitié – tu survécus à la réalisation de ton vœu –, le chirurgien de ma mère, lui, tomba à la renverse. La tumeur enkystée qui s'était développée en quinze jours, atteignant la taille d'un ballon de rugby, se révéla bénigne. Il fallut lui enlever un tiers du foie, mais elle se remit sur pied en moins d'un mois, et redevint absolument la même. Aucune conséquence physique ni morale. Pas le moindre régime ni la moindre prudence.

Elle recommença la gym avec une telle énergie qu'elle se fit une éventration, retourna à la clinique pour qu'on lui pose une plaque, et reprit le cours de ses activités au pas de charge.

A trente ans d'écart, elle nous jouait le remake de ta résurrection. Vous n'avez cessé de déteindre l'un sur l'autre, depuis votre rencontre, mais pas en perdant vos couleurs respectives, au contraire : en les renforçant. Et chacun selon sa méthode, toi en ressassant inlassablement ta mémoire comme un jardinier qui ne laisse pas reposer sa terre, elle en développant une extraordinaire faculté d'oubli face à tout ce qui empêche d'aller de l'avant. Une propension à tourner les pages, à éliminer le passé comme on débarrasse la table, en pensant déjà au repas suivant. Nettoyage par le vide, pour demeurer efficace.

Sauf qu'aujourd'hui, depuis que tu n'es plus là, elle a perdu le goût de nettoyer. Elle est incapable de faire le vide. Elle n'a plus de raison d'être efficace. Et je me sens aussi inutile dans son deuil que je l'étais devant le combat intérieur que tu menais pour qu'elle survive, en décembre 2000. Je n'ai jamais été l'aboutissement de votre couple ; votre histoire a continué indépendamment de moi, et j'ai toujours su qu'en aucun cas je ne te remplacerais… Ou si peu. Quand désormais je descends dans le Midi, emportant mon travail comme la tortue sa carapace, et que j'ai le réflexe, à midi moins le quart, de débarrasser vivement cette table de salle à manger qui était votre principal champ de bataille (« René, dépêche-toi d'enlever tes dossiers, enfin, je ne peux pas mettre le couvert ! »), elle me dit avec des larmes dans la voix :

– Non, laisse. Ça me fait du bien. Si tu savais comme il me manque, le désordre de ton père…

Et elle met le couvert au milieu de mes papiers. Tu dois jubiler, de là où tu es.

Je ne sais pas si ce livre fera du bien à ton amoureuse. C'est l'un des espoirs qui m'animent en l'écrivant, mais je n'ai guère d'illusions. S'il est réussi, il ne fera qu'amplifier dans son cœur ton absence. Et sinon, il ne lui apportera que des informations subsidiaires qui, dans le meilleur des cas, la feront sourire après l'avoir choquée.

Qu'apprendra-t-elle ? Que je l'avais remplacée à huit ans par un sosie, et que trente-deux ans plus tard nous avions jeté ses plats cuisinés pour nettoyer le frigo. Elle découvrira que nous lui avons menti à l'issue de son opération. Tandis qu'elle émergeait à peine des brumes de l'anesthésie, ses premiers mots avaient été :

– Alors, c'était bon ?

– Délicieux, avais-tu répondu en réflexe. Surtout le bœuf aux olives.

– Et le rôti de veau farci, avais-je enchaîné très vite, parce qu'il n'y avait pas de bœuf aux olives dans les Tupperware que nous venions de balancer.

– Alors ça va, avait-elle conclu en se rendormant.

Je me doute bien que je n'allégerai pas sa peine en te remettant en scène dans ce livre, en te parlant au présent. C'est pour toi surtout que je le fais, tu le sais. J'ai une dette envers toi, au fond d'un tiroir, une promesse qu'il était temps que je tienne, un cadeau que tu aurais voulu que « j'offre aux gens » de ton vivant. Je n'oublie pas cette demande réitérée à divers moments de ton existence où, toujours absorbé dans mes fictions, je n'étais jamais disponible :

– Ecris-moi leur histoire. Pour que les gens sachent.

Tu es toujours resté au fond de toi-même le petit orphelin pauvre qui aurait voulu donner la vie avec des mots, mais qui n'avait pas le temps, qui était obligé de gratter les ailes des lucioles pour faire briller des phares qui nourrissaient la famille. Je ne suis pas dupe, je sais pourquoi tu as encouragé si fort ma vocation de romancier, dès l'enfance : si tu as été mon maître à rêver, c'était *aussi* pour que je devienne ta machine à écrire.

Allez, ouvrons le tiroir. Sortons le cahier bleu.

En fait, il est bleu, marron et vert – une couverture fabriquée par tes soins, avec des bandes horizontales qui évoquent un vieux téléviseur mal réglé. Il est plastifié, granuleux, décousu, vraiment moche. Tu l'avais rempli aux trois quarts dans ta clinique de Savoie, en 1969. Il contient le passé dont tu étais le dernier dépositaire : la vie de ta mère et de ta grand-mère. Ces deux piliers de ton enfance, que tu avais soutenus à bout de bras dès la puberté, grâce au chiffre d'affaires des *René-Mobiles*, revendiquant avec une fierté légitime ton double statut assez contradictoire : pupille de la Nation et soutien de famille.

Ton manuscrit, sur papier quadrillé petit format, se compose de cinquante-trois pages, divisées en deux parties. La première se termine par : « La suite après l'opération. » La seconde s'inachève par ces mots : « A terminer quand je repasserai sur le billard. »

Ce fut dix ans plus tard, pour une prothèse à ton autre jambe. Mais, à l'époque, c'est moi qui détenais le cahier bleu. Tu me l'avais remis solennellement, pour mes dix-huit ans, en me disant :

– A toi de le continuer. Sers-t'en pour un livre.

Et voilà, j'ai attendu ta mort pour le sortir du tiroir

et le lire vraiment. Ma désinvolture peut surprendre, mais, d'une part, je pensais que tu m'avais déjà tout raconté à voix haute, et, d'autre part, tu écrivais tellement petit que j'ai dû finalement aller chez l'ophtalmo pour arriver à te déchiffrer. Je ne le regrette pas. Et puis j'aime bien l'ironie de la situation. Hypermétrope et astigmate, on t'avait greffé des implants au moment où j'allais être publié : tu as toujours lu mes livres sans lunettes. Moi, je suis devenu presbyte avec le tien.

Bon, par quoi je commence ? Bizarrement, toi, tu attaquais la douloureuse histoire de ta mère par la périphérie : *« L'oncle Jules avait une stature imposante, l'œil vif et une moustache à la Salvador Dalí. »* Ce frère de ta grand-mère, qui allait devenir une vedette du cinéma muet, débuta en perdant sa voix à douze ans dans une rivière glacée. La famille Losfeld, miséreuse, habitait en aval d'une usine de textile. Chaque nuit, Jules et ses neuf frères allaient récupérer les fils de laine qui, échappés des cuves de teinture, s'étaient entortillés autour des poteaux qu'ils avaient plantés discrètement dans la rivière. A la fin du mois, pour se faire un peu d'argent de poche, ils quittaient la maison, avec de grands ballots sur le dos, pour aller revendre à l'usine sa propre laine.

Jules était le meilleur nageur ; il en retira une bronchite chronique dont il ne guérit qu'en partant habiter sous le soleil de Nice, en 1890. Mais cet exil n'était pas seulement sanitaire : son physique flatteur lui valait de nombreux succès auprès des femmes et l'une de ses conquêtes d'un soir, Laure, très amoureuse, s'était retrouvée enceinte. Le père Losfeld, charpentier à l'honneur chevillé au cœur, obligea immédiatement le coupable à « réparer » l'accident avant qu'il ne soit de notoriété publique. On célébra le mariage avec célérité, puis la petite Laure fondit en larmes au seuil de sa nuit de noces. Entre deux sanglots, elle avoua à Jules qu'elle était lucide : elle se savait bien trop banale pour qu'il l'épouse autrement que par devoir, et elle lui montra le coussin avec lequel elle avait simulé sa grossesse.

Pour sauver l'honneur une seconde fois en évitant de devenir la risée du pays, Jules émigra donc dans le Midi avec cette épouse de raison qui ne lui donna jamais d'héritier, mais tu précises dans ton cahier bleu qu'ils gardèrent le coussin.

Beau joueur, ton oncle Jules ne lui tint jamais rigueur de la « lucidité » qui avait inspiré un tel stratagème, et vécut heureux avec cette petite femme volubile et craintive qu'il « trompait fidèlement », comme tu l'écris dans une note en bas de page.

Il faut dire que les occasions ne manquaient pas. Ayant abandonné son premier métier de boucher pour devenir chauffeur de maître, le beau Jules remportait un vif succès auprès des duchesses russes et des ladies esseulées de l'hôtel Negresco, ajoutant à l'agrément de son physique la splendeur de l'Hispano-Suiza que lui avait léguée sa première patronne, veuve d'un armateur italien.

C'est d'ailleurs cette somptueuse torpédo qui lui valut d'entrer dans le monde du cinéma. Comme les régisseurs des studios de la Victorine la louaient souvent pour les tournages, et que Jules ne se séparait jamais de l'Hispano, on put le voir, dans son impeccable livrée de chauffeur, ouvrir de nombreuses portières dans les films de Louis Feuillade, Alfred Machin, Marcel Lherbier et Rex Ingram. Parfois même, il découvrait le cadavre de son maître ou tirait au pistolet sur ses poursuivants, quand le scénario ne le faisait pas glisser sur une peau de banane en descendant de son marchepied, recevoir des tartes à la crème au volant, ou viser les fesses d'un agent de la circulation avec le bec de cigogne qui surmontait la calandre de l'Hispano. Son personnage inspira, selon toi, le grand Billy Wilder pour *Sunset Boulevard*, où la star oubliée qu'incarne Gloria Swanson, contactée par l'assistant de Cecil B. De Mille, arrive au studio de la MGM dans sa spectaculaire Isotta-Fraschini conduite par son valet Erich von Stroheim, pour découvrir que ce n'est pas elle qui est pressentie pour le tournage : c'est la voiture.

Quoi qu'il en soit, l'oncle Jules fut le grand héros vivant de ton enfance, la seule figure masculine présente à tes côtés, de manière intermittente et futile – mais serais-tu devenu constructeur automobile à huit ans sans la fascination qu'exerçait sur toi l'Hispano, lorsqu'il t'emmenait en pique-nique trois ou quatre fois par an ? Curieusement, tu ne me parlais jamais de lui, comme s'il risquait d'occulter par son prestige et sa longévité l'image d'Eugène, la mémoire de ce père inconnu que tu souhaitais tant me transmettre : cet inventeur au cœur d'or, ce héros tué à vingt-trois ans dont tu m'offris pour mon septième anniversaire la croix de guerre. Tu fus si fier lorsque je te rapportai à mon tour la médaille du 120e régiment du Train – même si ma décoration militaire, obtenue durant le service national, ne récompensait que le spectacle de Noël qu'on m'avait ordonné de mettre en scène pour les enfants de gradés. Mais le grand artiste de la famille, qui aurait pu me servir de référence et de modèle quand je commençai à monter sur les planches à partir de quinze ans, tu le gardas pour toi.

Tu ne me racontas sa carrière d'acteur qu'en 1991, lorsque, réalisant mon premier film, je te donnai un petit rôle dans une scène des *Amies de ma femme*. Afin de protéger ton incognito (j'avais envie que le monde du cinéma découvre le talent d'un octogénaire prometteur, pas qu'on dise que j'avais imposé mon père à la production), je t'avais engagé sous le pseudonyme de René Losfeld, en hommage à la famille de ta mère, sans me douter que je faisais ainsi entrer par effraction dans l'histoire du septième art un deuxième Losfeld.

La tante Laure, qui t'emmenait voir chaque semaine un film « de ton oncle » – toujours au dernier rang, car elle ne retirait jamais les extravagants chapeaux haut perchés qui lui permettaient d'atteindre l'épaule de son mari bien-aimé –, la tante Laure mourut à la surprise générale d'un cancer du sein que, par pudeur, elle avait caché pendant cinq ans, préférant se soigner sans médecin et diluer ses douleurs dans le vin blanc, pour ne pas causer d'inquiétude à Jules. Elle qui n'avait jamais bu une goutte d'alcool en public conserva son secret jusqu'à la veillée funèbre, où l'on découvrit dans le double fond de la buanderie ses casiers de bouteilles.

Dans un dernier hommage à ce petit bout de femme, qui l'avait tant attendri par les deux mensonges d'amour sur lesquels leur histoire s'était ouverte et close, Jules enterra Laure avec le coussin qui avait simulé sa grossesse.

Pendant quelques mois, il fut inconsolable. Puis il se mit à perdre ses kilos de chagrin, redevint élégant, spirituel, optimiste, ressortit la vieille Hispano remisée sur cales depuis que le cinéma parlant avait sonné sa retraite de comédien muet. Il y avait anguille sous roche, comme disait ta grand-mère Hortense. L'anguille s'appelait M-J et elle sentait le jasmin – c'est tout ce qu'on savait d'elle, chez toi, à cause des initiales sur un mouchoir oublié dans le vide-poche et du parfum qui imprégnait désormais l'Hispano, lorsque l'oncle Jules vous emmenait en pique-nique.

Hortense, qui enrageait de voir son cadet refaire sa vie en cachette à plus d'âge avec une « jeunesse dévergondée », décida alors de rompre toute relation avec lui, par respect pour la mémoire de Laure – cette belle-sœur qu'elle n'avait cessé de malmener de son vivant, trouvant un tel « pot à tabac » indigne de son séduisant frère.

L'identité de la « dévergondée » ne fut connue que dix ans plus tard, au décès de l'oncle Jules. Son testament comportait une clause aberrante, que seule avait pu inspirer, outre sa passion pour celle qui avait illuminé ses dernières années, la tendresse fidèle qui l'unissait toujours à sa femme défunte. Dans ses dernières volontés, Jules transmettait en effet à sa maîtresse le droit au caveau de famille, afin de n'être séparé, pour son repos éternel, ni de l'une ni de l'autre.

Sans parler du caractère scandaleux que cette fantaisie revêtait aux yeux d'Hortense, le codicille se heurtait à un obstacle de taille : la légataire était mariée. A moins d'envisager une crémation permettant de répartir ses cendres à parts égales entre les tombes des deux hommes de sa vie, la situation était totalement ingérable pour la pauvre M-J. A l'issue d'une entrevue avec Hortense, elle fit le nécessaire pour refuser l'héritage, et laisser à notre famille le caveau où ton cercueil repose aujourd'hui, par-dessus la tante Laure, l'oncle Jules, ta grand-mère et ta mère.

*

L'incroyable saga d'Hortense est la première histoire qui ait enflammé mon imagination de bébé. Tu la mêlais aux feuilletons d'espionnage farfelus que tu me racontais matin et soir, ce qui explique sans doute que les limites entre le fictif et le réel soient si mouvantes dans mon esprit – non pas que je confonde les deux, au contraire : je sais par expérience que l'invention précède souvent la vie, et j'ai toujours eu à cœur de percevoir et transmettre ce que la réalité présentait de plus « inimaginable ». Aujourd'hui encore, l'un des compliments qui me touchent le plus chez mes lecteurs, c'est quand ils me disent : « Ça, ça ne s'invente pas », en parlant d'un personnage ou d'un fait que j'ai créé de toutes pièces. Et inversement, lorsqu'ils me demandent : « Où allez-vous chercher tout ça ? » Dans la vie.

L'histoire d'Hortense, donc. Je n'ai pas découvert grand-chose dans le cahier bleu ; tu m'avais déjà raconté l'essentiel. Le glorieux, le bouleversant, l'impayable et le sordide. Demeurent quelques mystères que tu respectais trop, je pense, pour vouloir les mettre en lumière.

Elle aussi, comme nous, était entrée en vie active dès son enfance. A treize ans, elle paraissait majeure et, bâtie comme un homme, elle commença à travailler dans une grande épicerie de Roubaix. Abattant une besogne très supérieure à celle des deux autres commis, elle ne tarda pas à se retrouver seule avec l'équivalent de leurs salaires, ce que son patron considéra au début comme une économie. Cependant, si elle mettait les bouchées doubles pour tripler sa paye, l'insatiable Hortense poussait par ailleurs l'épicier à s'agrandir toujours plus, tant et si bien que, l'âge venant, affolé par le poids de ses investissements, il préféra passer la main. Hortense, après s'être fait émanciper, racheta donc l'affaire à dix-sept ans, se dépensant jour et nuit pour en faire le magasin le plus couru de la ville, spécialisé dans l'épicerie fine et les produits exotiques, préfigurant dès 1873 ce que deviendraient plus tard Hédiard et Fauchon.

Puis son père se tua en glissant d'un toit, sa mère tomba gravement malade et ne se leva plus. Hortense, qui venait de rembourser avec ses bénéfices les dettes contractées pour acheter l'épicerie, voulut donner à la pauvre femme une dernière joie : dans un sac de jute, elle lui apporta douze louis d'or, qui représentaient ses économies bien à elle, toute sa fortune. Sur son lit de douleur, la veuve du charpentier n'en croyait pas ses yeux, émerveillée devant tout cet or.

– Il est à toi, lui dit Hortense. Tu t'es assez sacrifiée pour qu'on mange à notre faim.

Le lendemain, sentant son heure venue, la mère rassembla autour d'elle ses treize rejetons, et déclara qu'elle voulait leur transmettre de son vivant leur héritage. L'un après l'autre, les enfants Losfeld défilèrent au chevet de l'agonisante, qui remit à chacun un louis d'or. Vint le tour d'Hortense, qui s'était placée sans un mot en queue de la file d'attente. Alors sa mère, devant tous les autres, lui dit sur un ton solennel :

– Toi, je ne te donne rien, parce que tu es la plus forte.

Tu écris dans ton cahier bleu : « *Ma grand-mère me*

racontait souvent cette scène, sans aucune rancœur, et avec tant d'émotion que jamais je n'eus l'audace de critiquer l'attitude de sa maman. "Tu comprends, me disait-elle fièrement, grâce à moi elle a pu mourir comme une dame riche, en laissant du bien à ses enfants." »

*

Chaque nuit, Hortense prenait sa carriole pour aller s'approvisionner en fruits et légumes au marché de Lille. Comme les routes étaient peu sûres et que, malgré son gabarit, cette adolescente pouvait représenter une proie facile, son frère Jules lui avait donné un gros revolver pour dissuader d'éventuels agresseurs. Sage précaution : au détour d'un bois, à cinq heures du matin, un brigand surgit soudain devant sa carriole, bloquant le cheval d'une main et brandissant de l'autre un couteau.

– Donne ton argent, et je te ferai pas de mal.

Sans un mot, Hortense sortit son revolver et tira sur le voyou, faisant voler sa casquette. Il s'enfuit à toutes jambes et le message passa : plus jamais on ne tenta de se mettre en travers de sa route. Mais les attaques prirent un chemin plus sournois.

Ses jeunes années sacrifiées au travail, et son physique d'hercule de foire n'attirant pas spécialement les galants, Hortense se retrouva complètement chamboulée le jour où un beau jeune homme à fine moustache entreprit de lui faire la cour. Il s'appelait Jules, comme son frère. Jules Dollande – mais il s'était scindé en s'inventant une particule, une apostrophe et un H, pour laisser entendre qu'il appartenait à la famille royale des Pays-Bas. Bien que n'ayant aucun lien biologique avec cet usurpateur, je n'ai pu me défendre, en découvrant ce détail dans ton cahier bleu, de ressentir le poids d'une étrange hérédité buissonnière…

Le faux prince épousa donc l'épicière, et vécut à ses crochets une existence sans nuages. Si les scrupules ne l'encombraient guère, il ne manquait pas non plus d'idées. Ainsi suggéra-t-il à Hortense d'ajouter une corde populaire à son arc en ouvrant le dimanche, non loin de son épicerie de luxe, un kiosque à frites dans le parc municipal. Elle lui en confia la gérance, qu'il lui rendit bientôt car, de santé fragile, il craignait les courants d'air. Mais qu'importe si elle travaillait un jour de plus : elle était si fière, le dimanche soir, de se promener au bras de cet arbitre des élégances, dont chaque costume sur mesure engloutissait la recette dominicale. Et il était si doux avec elle, même s'il lui reprochait parfois de sentir la frite.

Le bonheur d'Hortense fut de courte durée : un an plus tard, le beau parleur se mourait d'un cancer de la gorge. Elle le soigna avec toute l'ardeur dont elle était capable, faisant venir de Paris, Bruxelles et Genève les meilleurs spécialistes, qui ne purent que facturer leur impuissance.

Un jour d'hiver, Jules d'Hollande fut inhumé sous l'orthographe de son choix, par moins dix degrés, dans le plus beau monument funéraire qu'on ait jamais construit au cimetière de Roubaix. Hortense, à qui les médecins avaient fini par avouer que le cancer généralisé était en phase terminale, avait noyé son désespoir dans l'action. Tout en faisant croire à Jules qu'il serait bientôt sur pied, elle avait lancé les travaux de sa tombe, et commandé à un sculpteur réputé une statue grandeur nature de son futur défunt, de sorte que tout fût prêt pour lui rendre à temps l'hommage qu'il méritait. Peut-être même caressait-elle, en secret, l'espoir que le monument funèbre dédié à Jules fût achevé de son vivant, afin qu'il pût mesurer l'amour que lui portait sa femme. Aurait-il le temps, sur une civière, sa main serrée dans celle d'Hortense, d'assister à l'inauguration de sa statue ? Il s'en fallut de quelques jours.

Rentrée chez elle après les obsèques semi-nationales qu'elle lui avait payées, la riche épicière à demi ruinée par ses largesses funéraires congédia tout le monde et se cloîtra dans sa chambre. Là, elle laissa libre cours à son chagrin, effondrée sur le lit conjugal, le nez dans les vêtements de son homme, relisant la correspondance échangée avant leur mariage, qu'il avait conservée dans le tiroir de son secrétaire.

Une pile d'enveloppes était entourée d'un ruban rose. Elle le défit, et découvrit avec stupeur les lettres qu'avait adressées à son époux une dénommée Lucrèce. « Quelle belle idée, mon chéri, d'avoir convaincu Hortense de travailler le dimanche, comme ça on a toute la journée pour nous dans notre petit nid d'amour. »

Le lendemain matin, le gardien du cimetière faillit avoir une syncope en découvrant la magnifique stèle de Jules d'Hollande totalement détruite à coups de masse, la statue brisée en mille morceaux, et les couronnes mortuaires piétinées *« comme si une horde de Huns était passée après un ouragan »*, pour reprendre tes termes.

Ami de la famille, ce gardien avait eu vent, comme toute la ville de Roubaix à l'exception d'Hortense, de la liaison entretenue par son gigolo d'époux. Il devina

102

donc tout de suite qui était l'auteur du saccage et pour quels motifs. Il se précipita chez Hortense, trouva porte et volets clos. N'obtenant aucune réponse, il en conclut qu'elle était allée se réfugier chez l'un de ses frères, et retourna à son travail.

En fait, Hortense gisait sur le carrelage de sa cuisine, les doigts crispés sur le manche de sa cognée, dans une flaque de neige fondue mêlée de gravats. Au retour de l'expédition punitive où elle avait retourné sa colère contre la pierre, le marbre et les fleurs, elle était tombée à la renverse sous l'effet d'une crise de catalepsie. Par une belle ironie du sort, c'est un cadeau de son mari maudit qui lui sauva la vie : Rosette, la petite chienne qu'il lui avait offerte pour leur anniversaire de mariage, vint se coucher sur le cœur de sa maîtresse inanimée, lui communiquant un peu de sa chaleur dans la cuisine tous feux éteints, par un froid extérieur de moins quinze.

Le surlendemain, les frères Losfeld qui étaient venus prendre de ses nouvelles s'inquiétèrent, enfoncèrent la porte et les découvrirent toutes deux, aussi figées l'une que l'autre et respirant à peine. Une flambée dans le poêle, un massage et une rasade d'eau-de-vie remirent sur pied la veuve et le caniche, mais Hortense conserva de longues années des séquelles de cette crise. Parfois, lorsqu'elle se mettait en colère, elle se pétrifiait tout à coup dans la position où elle se trouvait, totalement inconsciente et les yeux grands ouverts. Il fallait la réchauffer avec des compresses d'eau bouillante ; elle reprenait alors ses esprits, son activité en cours ou sa phrase interrompue. C'est le fameux professeur Charcot, éminence controversée du magnétisme à usage médical, qui finit par la guérir de ces crises de catalepsie, au cours d'une des séances d'hypnose collective dont il donnait le spectacle dans le grand amphithéâtre de la Salpêtrière – le même hôpital où, coïncidence, sa fille se retrouvera internée des années plus tard après son accès de démence.

Je laisse la conclusion du premier veuvage d'Hortense à tes pattes de mouche du cahier bleu :

« Une autre femme, frappée si brutalement dans la passion qui était devenue sa raison de vivre, aurait courbé la tête et ressassé sa rancœur. Le lendemain, ma grand-mère rouvrait son épicerie fine en faisant savoir à quelques commères, qui s'empressèrent de le répéter, que le passé était mort et que personne ne devait plus jamais lui parler de cette histoire.

18 septembre 1969.

La suite après l'opération ! »

Il te fallut trois mois d'une rééducation épuisante avant de pouvoir reprendre par écrit le cours de la vie d'Hortense. Elle, son rétablissement s'était effcctué de manière beaucoup plus rapide. Consacrant tout son temps à l'extension de son commerce, elle avait en outre vérifié l'adage selon lequel, pour oublier une peine, rien ne vaut un vrai souci. Débarquant à l'épicerie, le frère de son mari venait en effet de réclamer, en tant qu'héritier, sa part légitime dans les actifs de la communauté des époux Dollande.

Hortense tomba des nues. Aussi forte en négoce que nulle en droit, elle s'était soumise avec émotion au régime de la communauté universelle, que son chéri lui avait présenté comme la preuve ultime de l'amour conjugal. En vertu du testament laissé par l'infâme Jules, elle se retrouvait avec un associé forcé qui, pour couronner le tout, était le sosie du mort.

C'est là qu'entra un scène un troisième Jules. Bel homme lui aussi, mais d'un tout autre calibre. Directeur de la coopérative des brasseurs de bière, Jules Lerouge éprouvait beaucoup d'admiration pour le sens des affaires et le courage de cette jeune veuve, à qui le poids du malheur avait ôté en outre quelques kilos en trop. Il n'en revenait pas de la voir soudain abattue, sans élan ni force, indifférente à la marche de son commerce.

Mis au courant des prétentions de son beau-frère, il lui conseilla de ne plus payer ses fournisseurs et de contracter des dettes. Justement, un terrain constructible était à vendre au coin du boulevard de Paris et du parc Barbieux, le plus important carrefour de la ville. Pourquoi Hortense ne l'achèterait-elle pas, pour y créer une brasserie ? Il lui obtint rapidement un énorme prêt de sa coopérative, et lorsque le frère Dollande se retrouva chez le notaire pour l'ouverture de la succession, il manqua s'étrangler devant le montant des emprunts et impayés qu'il devrait prendre à son compte s'il acceptait l'héritage. Il s'enfuit en courant.

Délivrés du parasite, Hortense Losfeld et Jules Lerouge s'associèrent dans ce qui allait devenir le célèbre Café du Parc : trois étages comportant une brasserie populaire, un restaurant de luxe et une scène de café-concert où, grâce au flair du brasseur passionné de chanson, débutèrent de futures vedettes comme Maurice Chevalier ou Mistinguett, aux côtés des plus grands noms du music-hall d'alors : Maillol, Fragson, Fréhel…

Entre-temps, Hortense avait épousé Jules et donné naissance à Suzanne, une enfant douce et rêveuse complètement décalée dans l'ambiance fiévreuse où vivaient ses parents. Les scènes de ménage étaient monnaie courante chez les Lerouge : Jules était obligé de monter fréquemment à Paris pour engager de jolies chanteuses, et Hortense, par expérience, avait développé une jalousie féroce qui, une ou deux fois par mois, lui faisait brandir en direction de son mari le gros revolver de son adolescence qui ne la quittait jamais.

Un jour, à sept ans, Suzanne surprit son père les mains en l'air, le canon de sa mère à hauteur des testicules. Elle courut pour s'interposer, en larmes. On la rassura : Maman plaisante. On la mit dans un pensionnat religieux. On n'avait pas le temps de s'occuper d'elle et, de toute façon, un music-hall n'était pas l'endroit rêvé pour élever une jeune fille. Elle revenait chaque samedi au Café du Parc, avec l'angoisse de trouver son père étendu raide mort et sa mère entre deux gendarmes. Premier des traumatismes qui allaient jalonner la vie de ta maman.

A seize ans et demi, pour fuir le carcan des bonnes sœurs et le climat de violence théâtrale où s'épanouissait l'amour de ses parents, elle épousa son ami d'enfance Eugène, le paisible inventeur des briques réfractaires, qui dirigeait déjà à vingt ans une usine presque entièrement automatisée. Et tout commença très mal.

Partis en voyage de noces à Paris, ils allèrent visiter l'Exposition internationale. Au sommet de la Grande Roue, ils échangeaient un baiser langoureux lorsque se déclencha un gigantesque incendie. Piétinant les cadavres au milieu des flammes, des fumées toxiques et des chutes de poutrelles, Eugène parvint à sortir du brasier en portant Suzanne à bout de bras.

Quelques mois plus tard, elle se remettait à peine du choc lorsque son père mourut d'un coma diabétique. La douleur fut d'autant plus forte que l'harmonie semblait enfin régner entre ses parents, depuis son mariage. Les Lerouge venaient de gagner une véritable fortune en vendant le Café du Parc, et, Hortense ayant décidé de se retirer dans le Midi après une vie de dur labeur (elle n'avait pas quarante ans…), ils avaient signé un compromis pour acheter les trois quarts du cap d'Antibes, ces friches en bord de mer où le mètre carré est aujourd'hui l'un des plus chers de France. Le décès de Jules coupa court au projet, et Hortense, complètement prostrée, sombra dans une dépression profonde. Elle en sortit six mois plus tard, en se découvrant escroquée.

Non seulement ses acquéreurs n'avaient pas versé le solde de la transaction, mais ils avaient cannibalisé le Café du Parc, vendant les installations, le mobilier et les milliers de bouteilles qui composaient l'une des meilleures caves du Nord, avant de mettre l'établissement en faillite.

Dans un sursaut d'orgueil et de fureur, ta grand-mère engloutit toute sa fortune pour racheter son affaire et la remettre à flot. Son seul but, désormais, sa seule raison de vivre : sauver, en mémoire de son époux, le rêve qu'ils avaient construit ensemble. Elle y réussit après deux ans d'efforts incessants pour retrouver la confiance des fournisseurs, des chanteurs, de la clientèle, et redonner à l'enseigne son prestige d'antan – puis la guerre éclata.

Au lendemain de la bataille des Ardennes, le 22 août 1914, les troupes allemandes prenaient le contrôle de la région de Lille. Hortense entra aussitôt dans un réseau de résistance, dont elle prit très vite les commandes. Fins gourmets, les officiers ennemis avaient fait du Café du Parc leur restaurant favori. Norbert, l'un des serveurs, comprenait parfaitement leur langue, et rapportait avec soin à sa patronne tous les renseignements d'état-major qu'il glanait en servant ces messieurs.

Un personnage assez particulier, ce Norbert. Lorsque les époux Lerouge avaient vendu l'affaire, il s'était retiré à la campagne pour élever des chevaux de course, que les Allemands s'étaient empressés de réquisitionner – sauf un, Iris de Sambre, que Norbert avait réussi à planquer in extremis dans l'étable d'un voisin. Hortense lui ayant demandé de revenir travailler pour elle, il avait accepté, à une seule condition.

C'est ainsi qu'un cheval passa la guerre de 14-18 caché dans le grenier d'un restaurant de Roubaix, ses sabots emmaillotés dans des chiffons de laine par souci de discrétion. Chaque nuit, Norbert lui faisait descendre l'escalier et prendre l'air dans le parc voisin. Il s'était procuré, par le réseau d'Hortense, un uniforme de soldat allemand qui lui permettait, s'il croisait une patrouille, de raconter qu'il promenait la monture d'un officier.

– Un peu de patience, Iris, lui chuchotait-il sans relâche, bientôt on renverra chez eux tous ces Boches de malheur, et tu redeviendras le roi des champs de courses.

Le pur-sang était d'une confiance et d'un calme extraordinaires, qui faisaient beaucoup pour le moral des troupes d'Hortense. Malheureusement, il tomba malade au début de l'hiver 1917, et elle dut l'euthanasier avec son revolver. Sur le monument aux morts qu'elle ferait ériger un an plus tard, à la mémoire des résistants de son réseau, figurerait en bonne place le nom d'un soldat inconnu : Iris de Sambre.

*

C'est drôle, cette sensation que tu écris par-dessus mon épaule, depuis que je pille ton cahier bleu. J'en arrive à un épisode que je vais te laisser raconter directement, parce que tu l'as si souvent mis en scène devant des tiers, en ma présence, que je n'ai pas envie d'y mêler mon style. C'était ton récit favori. Celui qui te touchait le plus. Sans doute y voyais-tu un symbole de la réconciliation entre ton âme pacifiste et le comportement guerrier auquel t'ont si souvent contraint les circonstances.

Allez, je te passe la plume en recopiant ces petits mots serrés, penchés, réguliers comme des vaguelettes, qui, respectant apparemment le quadrillage tout en sortant sans cesse de la marge, te ressemblent tellement.

Un soir de janvier 1916, ce fut le drame. Depuis quelques jours, un fringant officier des Lanciers de la Mort (corps d'élite préfigurant les SS de la guerre suivante) arrivait au Café du Parc en fin d'après-midi. Et il s'attardait devant sa consommation jusqu'à 19 h, quand entrait en vigueur le couvre-feu. Un soir, il débarqua à 18 h 55, au moment où l'on fermait portes et fenêtres, se planta devant le bar où ma mère, entre deux biberons, prêtait main-forte à Hortense, et il commanda son schnaps. Feignant de ne comprendre aucun mot d'allemand, Hortense lui expliqua dans un jargon « petit nègre » qu'il devait quitter cet établissement public comme tout le monde, pour obéir aux ordres de sa hiérarchie.

L'autre détourna la tête avec un air hautain, et s'approcha de Suzanne terrorisée. Sans se soucier des beuglements que je poussais dans l'arrière-salle, réclamant ma bouillie, il lui prit le menton et commença à lui débiter des fadaises en mauvais français. Hortense intervint en lui tirant le bras en arrière. Le butor, rouge de colère, sortit alors son sabre et le planta dans le plancher, après l'en avoir menacée, puis, sans se gêner, il saisit Suzanne par la taille et la plaqua contre lui.

Dans la seconde qui suivit, Hortense était sur l'officier, lui enfonçant dans le dos le canon de son inséparable revolver, et l'invectivant avec une telle rage que l'autre se rua vers la sortie, laissant son sabre fiché dans le parquet. Il ouvrit la porte, héla les deux soldats qu'il avait laissés en faction dans la nuit noire.

Au bord de l'évanouissement, Suzanne s'était réfugiée dans les bras de sa mère, tandis que moi, insoucieux du drame, je beuglais de plus belle dans mes langes maculés. L'officier donna un ordre bref : les soldats désarmèrent Hortense, qui avait compris que tout était perdu pour elle et voulait sauver sa fille en n'offrant aucune résistance inutile.

Mais, au moment où l'officier rengainait son sabre, tout en regardant ses lanciers qui évacuaient la malheureuse Hortense en état d'arrestation, le miracle se produisit.

Un homme entra, sanglé dans un uniforme de général, commanda : « Halt ! », ordonna aux soldats de libérer leur prisonnière, et s'inclina cérémonieusement devant elle en la priant, dans un excellent français, d'accepter les excuses d'un chef de guerre atterré par l'ignoble attitude d'un soudard indigne de porter l'uniforme allemand. Soudard dont le châtiment allait avoir lieu séance tenante sous ses yeux, à titre de consolation. Le général se tourna alors vers l'officier vert de peur dans son garde-à-vous impeccable. Il le souffleta avec une telle force que le képi noir s'envola. Puis il lui prit son sabre, le brisa en deux, arracha ses épaulettes, commanda aux soldats de l'attacher avec des cordes comme un bandit (Hortense fournit aussitôt le nécessaire), et de l'emmener à la Kommandantur où il serait immédiatement incarcéré. Après avoir griffonné rapidement sa lettre de cachet sur une addition à l'en-tête du Café du Parc, il ordonna : « Raus ! »

Demeuré seul avec les deux femmes, le général s'inclina galamment devant Suzanne, lui renouvelant les excuses de l'armée allemande, avant d'expliquer que, par le plus grand des hasards, il circulait à pied aux abords du parc Barbieux quand il avait surpris l'étrange manège de cet officier, qui pénétrait dans l'établissement au moment de la fermeture après avoir, sans raison apparente, placé deux de ses hommes à l'entrée. Il s'était alors caché dans une embrasure, et, par une fente des persiennes, avait assisté à la tentative de viol.

Grand-mère, lorsqu'elle me racontait cette scène, avait les larmes aux yeux. Non seulement ce général, qui par la suite occupa de hautes fonctions dans le gouvernement de la république de Weimar, ne lui posa aucune question sur la détention d'un revolver, mais il le lui rendit (après avoir toutefois retiré les balles du barillet), en lui précisant qu'elle pouvait le garder, mais à titre de souvenir uniquement, car elle et sa famille seraient désormais sous sa protection directe. Avant de prendre congé, il la pria de réserver chaque lundi un salon privé pour son déjeuner d'état-major, afin qu'elle leur prépare ses fameuses spécialités dont l'intendance allemande lui fournirait les ingrédients.

Jusqu'au départ des forces d'occupation, Hortense put ainsi jouir d'une sécurité absolue, et ses messagers eurent matière à transmettre des renseignements d'autant plus utiles aux armées alliées.

*

Un point de vue manque dans ton récit : celui de la victime. J'avais sept ans quand j'ai demandé à ma grand-mère, un samedi où nous préparions une tarte aux pommes dans sa cuisine, de me raconter elle-même cette histoire que je t'entendais claironner à tout bout de champ. Elle me donna sa version avec une liberté surprenante, tout en pelant ses goldens. Elle me décrivit la tentative de viol en deux images : les doigts du Lancier de la Mort déchirant son corsage, et l'éternel revolver qui avait jailli dans la main d'Hortense. Puis elle passa tout de suite au happy end. Je me rappelle que son regard s'est embué à l'évocation du général.

– Nous avons correspondu, entre les deux guerres. C'était un homme très bien, tu sais. Il a fait partie du complot des officiers antinazis pour assassiner Hitler.

A l'époque, comme tous les enfants de mon âge, je ne comprenais pas grand-chose à ces histoires d'Allemands. En revanche, je me souviens très bien de l'émotion causée par l'épilogue que me confia ensuite Mamy, avec dans la voix un respect gigantesque.

Un midi où le général von G. avait convié, comme chaque semaine, son état-major dans un salon particulier du Café du Parc, il prit à part Norbert, le serveur éleveur de pur-sang, et lui demanda en allemand, droit dans les yeux, comment allait son cheval. Norbert soutint son regard. Sentant qu'il serait dangereux de faire semblant de ne pas comprendre, il lui répondit :

– *Es ist tot, Herr General.*

Le chef des troupes d'occupation commenta l'avis de décès en inclinant la tête, puis, une main posée sur l'épaule du serveur, il lui déclara en français :

– Je vous présente mes condoléances, mon ami.

Le message était passé, dans cet aveu de compréhension mutuelle qui traduisait moins la connivence que la mise en garde. Norbert continua à rapporter fidèlement à Hortense les renseignements militaires qu'il attrapait au vol quand il servait pigeonneaux et choucroutes aux officiers allemands, tout en l'avertissant que ces renseignements risquaient désormais d'être faux. Ce qui se confirma très vite.

Je fus marqué par cette histoire, à sept ans, sans bien savoir pourquoi. Il me fallut longtemps pour mesurer pleinement la subtilité, le sens de l'honneur dont ce général avait fait montre, en conciliant devoir de soldat et loyauté envers l'adversaire. Ce qui s'appelle, au sens propre, « intelligence avec l'ennemi »…

Quelques semaines plus tard, un soir de pluie où elle était particulièrement triste, seule avec moi dans son vieil appartement qui sentait l'antimite et la Javel, Mamy me demanda soudain :

– Tu veux le voir ?

Elle me montra la photo du général von G., sur la coupure toute jaunie d'un journal de 1943, au moment de son exécution par les nazis. Puis elle la remit dans son placard à regrets, parmi les souvenirs de son mari et des quelques soupirants avec qui elle s'était interdit de refaire sa vie.

Je pense que tu as renversé un yaourt sur ta page 45. Malgré mes efforts pour gratter la vieille croûte laiteuse, les mots délavés me privent d'un paragraphe intitulé *Encore un prétendant pour ma mère !* Je le reconstitue de mémoire.

En 1918, l'armée anglaise libéra la région de Lille. Mais le combat n'était pas fini pour Hortense. Tandis que les Lanciers de la Mort incendiaient le Café du Parc avant d'évacuer Roubaix, elle attrapa la grippe espagnole. Aucun traitement n'était disponible et l'épidémie, qui tuait le malade en trois jours, ajouta vingt-cinq millions de morts aux victimes de la Première Guerre mondiale.

Habituée à ne pas écouter son corps, ta grand-mère décida de soigner le virus fatal comme on avait toujours guéri les rhumes dans sa famille : un bain de pieds chaud à « l'eau blanche », ainsi qu'on appelait le peroxyde d'hydrogène. Immergée jusqu'aux mollets, elle attendit patiemment cinq minutes, dix minutes. Puis, la maladie n'étant pour elle qu'une perte de temps, sa nature pressée refit rapidement surface. Comme le bain de pieds ne la soulageait absolument

pas, elle choisit la voie orale : devant sa fille épouvan-
tée, elle avala d'un coup le baquet d'eau oxygénée.

Après avoir suffoqué bruyamment trente secondes,
elle se coucha, et transpira douze heures en inondant
le matelas, le sommier, le parquet, le voisin du dessous.
Le lendemain, elle se leva, complètement guérie. Juste
à temps pour s'occuper de Suzanne qui avait contracté
à son tour le virus, mais qui, n'ayant pas le tempéra-
ment de sa mère, refusa le bouillon oxygéné et entra
en agonie à quarante de fièvre.

– Tu n'as pas le droit de te laisser aller ! la rudoyait
Hortense. Pense à ton mari qui va revenir de captivité
d'un moment à l'autre ! Tu ne veux quand même pas
qu'il te voie comme ça ?

Mais l'espoir désespérément entretenu par la chef
résistante – inventant des informations secrètes transmises par ses réseaux, elle avait fait d'Eugène tour à
tour un rescapé de Verdun, un héros de l'offensive
franco-anglaise de Salonique, un espion infiltré au sein
de l'état-major allemand à Bagdad, puis un prisonnier
bien traité en tant qu'otage négociable –, l'espoir
n'était pas suffisant pour venir à bout du virus. Suzanne
se mourait.

C'est sa beauté qui la sauva. Un médecin-major
anglais, tombé fou amoureux d'elle huit jours plus tôt
en la voyant dégager les décombres du Café du Parc,
lui procura des sulfamides, seul remède efficace à
l'époque, mais disponible en si faible quantité que les
armées de libération n'avaient pas le droit d'en donner
aux populations civiles.

Suzanne survécut, sans pouvoir répondre à la
flamme que lui avait déclarée son bienfaiteur. Dans son
lit de convalescence, elle dut lui apprendre le retour

116

imminent de son mari adoré, qu'elle n'avait pas revu depuis le début de la guerre. Le major s'inclina, fair-play, lui dit adieu, et rentra dans son pays répondre devant une cour martiale de sa désobéissance qui avait sauvé une vie.

Dès que sa fille fut complètement rétablie, Hortense, avec ce sens inné du choc salutaire qui lui tenait lieu de diplomatie, lui annonça qu'en fait elle était veuve depuis trois ans et demi.

C'est le moment que tu choisis pour arrêter de marcher. Le verdict du pédiatre tomba comme un couperet : tu souffrais de rachitisme au dernier degré.

– Si vous ne l'emmenez pas tout de suite au soleil, cet enfant va mourir.

Du jour au lendemain, Hortense liquida ce qui restait de ses biens – c'est-à-dire pas grand-chose : le Café du Parc était quasi détruit et elle ne s'était jamais assurée contre rien, préférant réinvestir ses bénéfices dans son affaire plutôt qu'engraisser des intermédiaires. Prenant sous le bras son petit-fils subclaquant et sa fille brisée de chagrin, elle partit pour Nice, où elle acheva de se ruiner en achetant le deux pièces que son frère Jules, la vedette de cinéma muet par Hispano interposée, lui avait déniché rue de la Buffa, derrière la Promenade des Anglais.

*

J'imagine votre vie à trois dans cet appartement sombre et un peu oppressant que j'ai connu jusqu'à mes huit ans – l'âge où toi, complètement régénéré, passé sans transition du rachitisme apathique à l'hyper-activité, tu étais déjà devenu constructeur d'automobiles en bois. Hortense partageait avec Suzanne le grand lit de l'unique chambre, et tu couchais dans le canapé-lit du salon où, quatre décennies plus tard, je dormirais un week-end par mois.

Je t'imagine, entre deux coups de rabot et trois grattages de luciole, encourageant ta mère à sortir, à danser, à refaire sa vie. Elle était de plus en plus belle, et tu avais envie d'un homme à son bras, d'une grosse main chaude dans la tienne. C'était si froid, le cadre en verre sur lequel tu embrassais chaque soir ton papa inconnu.

Mais Hortense, qui avait tout abandonné pour sauver ta vie au soleil du Midi, entendait qu'à son tour sa fille se sacrifie pour elle. A moins qu'elle n'ait voulu simplement, par instinct maternel, protéger « la petite » contre elle-même, contre ses peurs, ses démons, ses réactions imprévisibles, cette paranoïa légitime qui, de traumatismes en drames, la mènerait bientôt aux confins de la folie… Toujours est-il que, chaque fois que Suzanne acceptait un rendez-vous avec un homme et qu'elle se préparait pour sortir, l'impitoyable Hortense piquait une colère homérique, l'accusant de t'abandonner pour aller jouer les dévergondées.

– Tu veux que le scandale retombe sur nous, c'est ça ? Tu veux ma mort et la honte pour ton fils ?

– Mais, maman, je vais simplement danser…

– Une gourgandine, voilà ce que les gens diront de toi ! Et une ingrate !

Tu imitais leurs voix en reconstituant la scène. Ta grand-mère tempêtait si fort, au bord de l'apoplexie, que Suzanne, devant tant d'injustice et de violence, finissait par éclater en sanglots et, son maquillage ruiné, renonçait à sortir.

– Cela dit, concluait Hortense en redevenant aussitôt

douce et magnanime, tu fais ce que tu veux. Tu es majeure, ma grande : tu prends tes responsabilités.

Exaspéré par ce chantage affectif qui minait le moral de ta mère, tu lui avais appris à briser dans l'œuf les colères hortensiennes. Ayant remarqué un jour que seul un fracas de vaisselle avait le pouvoir de la réduire au silence, tu mettais de côté les assiettes et les verres ébréchés, dans un placard que Suzanne allait ouvrir, les soirs d'invitation, dès que se déclenchaient les foudres maternelles. Sans dire un mot, elle venait se planter devant la virago fulminant dans son fauteuil Voltaire, et projetait sur le sol porcelaine, faïence et cristal. Immédiatement, le tyran domestique se pétrifiait, comme au temps de ses crises de catalepsie.

– Je ne rentrerai pas tard, disait Suzanne, et elle allait finir de se préparer.

Elle n'est jamais rentrée tard. Elle n'a jamais refait sa vie. Veuve à dix-neuf ans, elle s'est éteinte à la veille de son soixante-dix-septième anniversaire sans jamais avoir cessé de porter le deuil. Tu as lutté de ton mieux contre cette résignation qu'entretenait Hortense, perfidement ou pour son bien, mais plus tu grandissais en ressemblant à ton père et moins elle se sentait de le remplacer par un autre. A ton corps défendant, toi qui voulais tant qu'elle se libère, tu étais désormais la raison première de sa claustration. Plus tu devenais un homme et moins elle voulait s'émanciper. Longtemps ce fut trop tôt, jusqu'au jour où ce fut trop tard, et elle termina sa vie de femme avec le sourire effacé du devoir accompli.

*

Les années passaient, tu délaissais de plus en plus tes productions de voitures à lucioles pour te consacrer aux postes à galène, ces TSF miniaturisées que tu fabriquais dans des boîtes à biscuits pour les vendre au lycée, entretenant toujours ta grand-mère et ta mère qui, réduite à la fonction de veuve au foyer, n'avait pas l'autorisation maternelle de chercher un emploi à l'extérieur.

Hortense, que j'aurais tant voulu connaître, demeure un mystère pour moi dans la dernière phase de sa vie, et tu n'aimais pas trop aborder ce sujet. Comment cette femme partie de rien et devenue millionnaire à la force du poignet, à une époque où le féminisme n'était encore qu'une vue de l'esprit, avait-elle pu devenir l'étouffoir de sa fille tout en vivant du labeur de son petit-fils mineur ? Tu as toujours défendu ta grand-mère bec et ongles, avec la même énergie que tu mettais à libérer ta mère de sa dictature. Mais je pense que tu n'en pouvais plus, adolescent, et que ta décision soudaine de devenir officier de marine ne relevait pas, comme on l'a cru, d'une soumission délibérée à cette fatalité héréditaire qui faisait mourir la plupart des Cauwelaert à la guerre avant trente ans. Toi qui étais totalement allergique aux chiffres, tu fis math spé et math sup. Sorti vainqueur de ces années d'horreur, tu étais enfin prêt pour le concours de Navale, quand ta mère attrapa je ne sais quelle maladie incurable, et te fit jurer sur son lit de mort que jamais tu ne serais officier ni croix de guerre comme ton père, que tu resterais en vie dans le civil pour élever des enfants. Tu juras, elle guérit, et tu fis ton droit.

Sans jamais la moindre rancune, la moindre amertume affichée pour ces rêves de marine dilués dans les abstractions mathématiques, tu consacras tous tes loisirs d'étudiant à fédérer un syndicat, batailler aux côtés de Paul Valéry pour obtenir la création d'une faculté de droit à Nice, et fonder avec son appui les Championnats de France universitaires que tu dirigeas jusqu'en 1939 – c'était ta façon, je pense, de fuir la terre ferme en gouvernant un semblant d'équipage.

*

La guerre éclata, et Suzanne vit partir son fils avec le sentiment que l'histoire se répétait. Luttant de toutes ses forces pour que la mémoire et l'angoisse n'étouffent pas l'espérance, elle consigna au jour le jour événements et sentiments dans deux cahiers de brouillon que j'ai sous les yeux, intitulés *Exode 39* et *Exode 40*. D'une écriture aussi penchée que la tienne, mais parfaitement lisible, élégante et fluide, elle tint ce journal intime pour « remplir son devoir d'espoir », participer à son modeste niveau à l'effort de guerre.

Les attentes, les nouvelles du front, les hantises trouées d'éclats de joie quand lui parvenaient tes lettres... Le bonheur au cœur de l'angoisse, une brève permission, et de nouveau l'attente, l'exode, l'espoir, le découragement, les boîtes aux lettres vides. Combien de temps va durer cette nouvelle guerre qu'elle passe seule avec Hortense, à prier pour le retour de son homme ? Au fil des mois, d'un cahier à l'autre, un seul changement notable : elle appelle Hortense « Mère » en 1939, et « Grand-mère » en 1940, comme si ton absence achevait de l'infantiliser, ou de te fondre en elle.

Ta guerre fut assez spéciale. Dans un réflexe anti-militariste – peut-être une résurgence de la promesse faite à Suzanne –, tu avais refusé crûment d'intégrer l'Ecole des officiers de réserve. On t'avait alors versé de force dans le peloton des élèves caporaux, où tu avais pris du galon dans des conditions beaucoup moins confortables. Chasseur alpin, sous-lieutenant au 94e BAF, tu te vis confier le commandement d'un fort dans les Alpes, loin de toute civilisation, à deux pas de la frontière italienne. Bévue administrative ou brimade supplémentaire à l'encontre de la « forte tête » que décrit ton dossier militaire, tu découvris, en arrivant sur place, que le blockhaus mentionné par la carte d'état-major n'existait que sur le papier. Alors, planté là, au sommet de la montagne avec tes quarante hommes de troupe, paysans de la Vésubie noyant dans le marc du pays le désespoir d'avoir dû abandonner familles et troupeaux, tu décidas que ce fort imaginaire, vous alliez le construire pour de vrai.

Tu fis des plans à la Vauban, tu redonnas, à coups de truelle et de fierté d'artisan, une raison de vivre à tes soldats de fortune transformés en maçons, et *Fort Cauwelaert* fut terminé le 17 juin 1940, sept jours après que les Italiens nous eurent déclaré la guerre. Le 20 juin, ils lancèrent leur offensive dans les Alpes, de la Suisse à la Méditerranée. Vous les attendiez de pied ferme, dans votre forteresse imprenable, lorsque l'armistice fut signé. Tu reçus l'ordre de déposer les armes, et de remettre les clés du bunker aux Italiens qui, derrière leurs jumelles, avaient attendu patiemment que vous ayez achevé la construction de ce bel ouvrage dont ils allaient hériter sans coup férir.

Tu obéis, à ta manière. Tu laissas les clés sur la

porte, tu commandas l'évacuation, et tu fis sauter à distance le fort imaginaire auquel vous aviez donné vie. Tes hommes regagnèrent familles et troupeaux en riant dans leurs larmes, unis à jamais par cette « drôle de guerre » que tu avais transformée pour eux en jeu de construction.

Tu rouvris ton cabinet d'avocat. Comme la majorité des Français, l'été 1940, tu voyais en Pétain le sauveur qui avait arrêté le massacre, et tu hésitas quelques heures lorsqu'un de tes copains, entré au gouvernement de Vichy, te proposa, en tant que dirigeant des fameux Championnats de France universitaires, un poste au ministère des Sports. Mais déjà tes illusions sur le Maréchal battaient de l'aile, et tu choisis le camp de tes autres amis – ceux qui allaient protéger sur place les maquisards et les juifs pourchassés par Vichy. Enviant le destin flamboyant de ton camarade de lycée Romain Gary – comme toi fils unique soumis à l'amour exclusif d'une mère sans homme –, tu l'aurais probablement suivi en Angleterre, si tu n'avais déjà été père de famille.

– Vas-y ! ordonnait ta grand-mère qui écoutait Radio Londres sur le poste miniaturisé que tu lui avais construit.

– Reste ! suppliaient ta mère et ton épouse Claudie.

Alors, sous une façade de responsable associatif, tu te contentas d'être ce que tu appelais modestement un « résistant de cave ». Non seulement tu cachais des ennemis du régime de Vichy, mais, en cheville avec un chef de service à la préfecture, tu fournissais de faux papiers et de fausses cartes d'alimentation aux maquisards.

Plusieurs fois, grâce à ton talent d'acteur et ta présence d'esprit, tu trompas la vigilance de la Gestapo, mais tu fus arrêté sur dénonciation à la Libération. Des collabos soucieux de se racheter une conduite ayant témoigné contre toi, ta vie s'écroula du jour au lendemain. Soyons clair : tout ce qu'on pouvait te reprocher, c'était d'avoir dirigé une association sportive destinée aux jeunes les plus démunis, avant d'en démissionner violemment en découvrant que la propagande de Vichy l'avait investie. Mais un ancien chef de la Milice que tu avais traîné dans la boue voulait ta peau, et, se servant d'une vague ressemblance acoustique, il tenta de te faire passer pour l'assassin de six partisans niçois dont le nom avait été prononcé sur Radio Londres : Hans Boglaer. C'était trop énorme pour être pris une seconde au sérieux, mais l'époque n'était pas regardante.

Jeté au secret dans les caves d'un hôtel transformé en prison, au moment même où ta fille Catherine venait au monde, sans aucun moyen de contacter l'extérieur ni de prouver que les charges retenues contre toi n'étaient que phonétiques, tu trompas ton angoisse en te plongeant dans les subtilités et les jurisprudences du droit rural – tu avais attrapé le premier livre à portée de main, lorsque les libérateurs à brassard étaient venus t'arracher de chez toi. Servitudes de passage, statuts du fermage et baux emphytéotiques t'aidèrent, autant que faire se peut, à oublier que chaque jour tu entendais fusiller un de tes voisins de cellule.

Un matin, un jeune FFI gradé de frais surgit dans ta cellule, pistolet-mitrailleur au poing, en gueulant que, salaud, il allait te faire la peau. Tu lui répondis aussitôt que, pauvre con, il faudrait d'abord qu'il introduise son chargeur à l'endroit. A treize ans, une arme enrayée t'avait empêché de devenir un assassin en temps de paix. Une autre allait-elle te sauver la vie dans l'hystérie de l'après-guerre ?

Ivre de rage et d'humiliation, le type s'efforçait d'extraire son chargeur coincé en hurlant que tu ne perdais rien pour attendre. C'est alors que se reproduisit, trente ans plus tard, le genre de miracle qui avait sauvé ta grand-mère de l'officier allemand qui s'apprêtait à l'exécuter. Un colonel entra soudain dans la cellule, arracha le pistolet-mitrailleur des mains du braillard, vérifia ton diagnostic, aligna une mandale à l'apprenti libérateur, le dégrada, te fit sortir de la cellule, et l'y enferma.

Dans son audience du 26 juin 1945, le tribunal civil de Nice te lava de tout soupçon, et tu repartis aux côtés d'un curé dont le brassard de la France Libre rehaussait la soutane. Seul prêtre du diocèse à avoir été arrêté par la Gestapo, l'abbé Alfred Daumas était venu témoigner pour toi, avec tous les autres résistants que tu avais aidés.

Ta mère, qui avait déjà commencé à te pleurer une fois de plus, s'évanouit de joie en t'ouvrant la porte. Mais ton premier élan fut pour remercier ta grand-mère, comme si le sauvetage miraculeux dont elle avait profité jadis s'était répercuté sur toi.

A défaut de superstition, tu avais ce genre de reconnaissance.

*

Jean-Pierre Rudin est l'un des derniers témoins vivants de cette affaire. A quatre-vingt-cinq ans, celui qui fut le plus grand libraire de Nice, aussi bardé de décorations que de blessures de guerre, et que tu présentais toujours comme ton « beau-frère d'un premier lit », vient de m'apprendre un détail qui m'a sidéré.

Je savais que vous aviez poursuivi tous deux une action clandestine dans les années d'après-guerre, fomentant des canulars déments avec une rigueur et un sérieux qui faisaient salle comble. Vous organisiez par exemple des cycles de conférences qui drainaient le tout-Nice dans l'un des grands hôtels du centre-ville. L'une d'elles s'intitulait : « Comment le capitalisme escroque les inventeurs ». Portant postiches, vous vous présentiez comme deux victimes des multinationales et des pouvoirs publics.

Toi, baron René van Meulenmeuster, tu avais conçu pour la salle des Pas perdus du tribunal de Bruxelles une machine révolutionnaire, destinée au service des statistiques du ministère de la Justice : un compteur de pas perdus. Invention que le gouvernement belge s'était empressé de revendre à tous les tribunaux d'Europe, sans que tu aies jamais touché les moindres royalties.

Lui, le biologiste Jean-Pierre Neuvième-Dic – enfant de l'Assistance publique recueilli par la 9ᵉ division d'infanterie coloniale –, avait passé la guerre en Louisiane, où il avait inventé la Traite des Blanches. Il s'était aperçu en effet, en comparant les différents laits maternels, que celui des Noires était moins abondant et moins riche en calcium que celui des Blanches. Il avait donc mis sur pied toute une organisation bénévole chargée de les traire, afin de nourrir grâce à leurs excédents les bébés défavorisés des quartiers noirs. Malheureusement, un groupe alimentaire helvétique

126

s'était emparé de son initiative et de ses structures : dorénavant la Traite des Blanches servait uniquement à fabriquer du chocolat au lait, et il ne restait plus à Jean-Pierre que les yeux pour pleurer.

En vous exprimant à la tribune, vous luttiez avec tant d'énergie contre le fou rire que vos larmes déclenchaient celles du public. Toutes les personnes assistant à la conférence étaient priées de faire circuler dans leur entourage des pétitions que, dupes ou non, elles signaient de bon cœur, afin que tu touches une somme forfaitaire sur les pas perdus non réclamés au bout d'un an, et qu'un traité interdise la prolifération du lait humain dans la confiserie suisse. Pétitions que le roi Baudouin et le trust chocolatier furent bien surpris de recevoir. Et le Dr Plomb qui cherche encore d'où viennent les mythomanies de mon enfance.

Mais ce que Jean-Pierre Rudin vient de m'apprendre incidemment, c'est que ce genre de canulars se déroulait, à ta demande expresse, à l'hôtel Scribe. Là même où, quelques années plus tôt, l'on t'avait emprisonné, battu, menacé d'exécution sommaire au milieu des suspects qu'on fusillait.

Apparemment, la paix revenue, tu avais tenu à désinfecter par l'humour ce lieu de mort.

J'ai rangé le cahier bleu dans un gros classeur de bureau étiqueté « René », parmi tes lettres, tes dessins, tes fax d'anniversaire, tes dernières analyses et tes avis de décès – on t'avait enterré deux jours de suite dans *Nice-Matin*, sous des orthographes différentes, gag posthume bien dans ton style, comme une délicatesse pour faire sourire ceux qui te pleuraient.

J'ai rangé le cahier bleu, mais il m'appelle. Il me réveille la nuit, parce qu'il a encore une chose à me dire. A me faire raconter. Il me réclame sa conclusion, que j'avais décidé d'éluder parce qu'elle débouche sur un souvenir dérangeant, un épisode de mon enfance que j'hésitais à remettre en scène. Mais le cahier n'est pas d'accord. Et le cahier, c'est toi.

Alors je le rouvre.

*

Le jour de ses quatre-vingts ans, Hortense décréta qu'elle avait assez marché dans sa vie, et qu'elle ne quitterait plus désormais son fauteuil Voltaire. Elle employait ses journées à lire, faire des réussites et écouter les nouvelles sur son *Cauwelaerton*, ce poste à galène que, depuis tes quinze ans, tu miniaturisais sans cesse afin de déposer le brevet de la radio la moins encombrante du monde – un rêve de plus dans le placard aux regrets, faute d'argent.

Semaine après semaine, ta grand-mère passait de plus en plus de temps l'oreille collée aux informations, aux feuilletons et aux refrains à la mode, tout en lisant son journal de la première à la dernière ligne. Un jour, tu t'aperçus qu'elle tenait les feuilles à l'envers. Elle était devenue aveugle, en cachette – depuis combien de mois ? Dans un accord tacite pour respecter sa volonté, ta mère et toi lui avez joué la comédie pendant ses dernières années, la laissant manger sans aide apparente, lui montrant des photos sur lesquelles elle s'extasiait, et vous livrant au verdict de son regard.

– Comment trouves-tu ma nouvelle robe, maman ? s'informait Suzanne de sa petite voix anxieuse en tournant devant elle.

– Je ne suis pas dupe, mais c'est gentil, te confia Hortense huit jours avant de mourir. Ne dis pas à ta mère que je sais qu'elle sait que je fais semblant.

Et elle emporta dans la tombe son secret de Polichinelle, ce dernier sursaut d'une femme qui avait toujours feint de nier l'adversité afin de mieux la combattre.

Suzanne, loin d'être affranchie de cette tutelle de chaque instant, prit le deuil de sa mère sans quitter celui de son mari – mais sans non plus peser sur toi, une des raisons pour lesquelles tu l'aimais tant.

– Tu crois que tu aurais été plus heureux dans la Marine ? demandait-elle timidement, quand elle te voyait suer sang et eau sur une affaire de droit rural.

Et, bien sûr, tu lui disais non. D'un ton convaincant. Tu avais hérité d'Hortense le grand talent de garder par-devers toi les regrets, les handicaps et les douleurs subies.

– Tu seras heureux, hein, mon grand ? te suppliait-elle périodiquement, les larmes aux yeux.

Et c'est la seule autre promesse que Suzanne t'arracha. Après avoir tué dans l'œuf ton rêve de liberté maritime, elle te condamnait au bonheur. Tu tins parole. Envers et contre tout. J'en suis témoin.

Elle n'était plus de ce monde quand tu as ressuscité avec ta hanche toute neuve, en 1969, et c'est l'un des seuls vrais regrets de ta vie. La conclusion de ton cahier bleu. Tu avais tant espéré que ta renaissance chasserait pour de bon ses vieux démons.

Je garde un souvenir très vif et très troublé de cette grand-mère que j'ai connue si peu de temps. Quand j'allais dormir chez elle, je faisais de son appartement un gigantesque champ de manœuvre où alternaient combats aériens et batailles navales. Elle m'y encourageait avec une sorte de voracité joyeuse, qui rendait ma mère un peu mal à l'aise lorsqu'elle me déposait rue de la Buffa.

– Mais non, Paule, laissez, il faut bien qu'on joue. Allez, sauvez-vous vite !

Il y avait dans sa chambre un très grand lit à montants de cuivre que je transformais, au moyen d'un balai planté sous les draps, en *Santa Maria*, la goélette de Christophe Colomb à la recherche de l'Amérique. Avant d'embarquer, je raflais dans la cuisine casseroles, poêles, assiettes et couverts, sans oublier l'indispensable ventilateur électrique pour fabriquer les tempêtes. Quand la mer se calmait, Suzanne fendait les flots dans sa chaloupe – l'ancien fauteuil d'Hortense monté sur roulettes, qu'elle manœuvrait à reculons

130

avec ses talons en faisant le geste de ramer, et elle criait :

– Ohé, du bateau ! Demandons permission de monter à bord !

J'acceptais, et elle accostait la *Santa Maria* pour le ravitaillement : pissaladière, tarte à la rhubarbe, chocolat chaud ou potage tiède. Parfois elle me trouvait aux prises avec la fièvre jaune ou le typhus, au milieu des cadavres de mon équipage, et me soignait avec des bonbons à la réglisse. L'écume à la bouche, je tachais la literie d'une bave noire d'agonisant, mais elle ne disait jamais rien, même lorsque les attaques de pirates et les cyclones déchiraient ses draps.

– Ce n'est rien, souriait-elle quand ma mère, venue me chercher le dimanche, blêmissait devant le sinistre. Il faut bien qu'il découvre l'Amérique.

La frénésie naturelle avec laquelle cette grande dame imposante et sérieuse entrait dans l'imaginaire de mes jeux d'enfant était, peut-être, un indice de la folie qui demeurait en elle. Je ne sais pas. Une seule fois je l'ai vue sortir de sa réserve polie, du quant-à-soi doux et grave qui la tenait droite dans ses longues robes noires ou bordeaux. Une seule fois j'ai perçu en elle la révolte, la fureur et la haine. Une seule fois j'ai senti la puissance d'Hortense s'emparer d'elle, déchirer le voile de sourire et de secret sous lequel hibernait la violence héréditaire.

C'était mon septième anniversaire. Elle m'avait demandé quel cadeau me ferait plaisir, et j'avais répondu pour faire chic :

– Un livre.

Le premier titre qui m'était venu à l'esprit était *Les Habits noirs*, un roman d'aventures dont l'adaptation passait à la télévision, chez mon autre grand-mère. Nous voilà partis en expédition jusqu'au bout de la rue de la Buffa, où elle poussa avec entrain la porte de son libraire. Le petit homme au visage chafouin semblait monter la garde au milieu de son réduit obscur et surencombré, sans commune mesure avec l'immense magasin baigné de soleil où Jean-Pierre Rudin, que j'appelais dans ta foulée mon « demi-oncle d'un premier lit », me fournissait en chefs-d'œuvre qui n'étaient pas de mon âge et que je faisais semblant de lire pour la galerie.

A l'énoncé de mon choix, le petit homme se coinça :

– Mais ce n'est pas un livre, ça ! Ce n'est pas de la littérature ! Il ne faut pas qu'il se laisse influencer par cette maudite télévision, allons ! Ils sont tous comme ça, maintenant, les mômes. Non, non, gamin, je vais te montrer ce qu'est un vrai livre.

Alors j'ai vu ma grand-mère se transformer radicalement, sa poitrine se gonfler, ses traits se durcir et ses yeux devenir fixes. Elle marcha sur le libraire, le saisit par le col et, littéralement, le souleva de terre, martelant son dos contre les étagères.

– Mon petit-fils vous a dit le cadeau qu'il veut, hurla-t-elle, vous n'avez pas à critiquer son choix ni à l'insulter, malappris, c'est clair ? Simplement répondre oui ou non ! Vous l'avez, ce livre, ou pas ?

– Oui, oui, bredouilla le pauvre homme au milieu des volumes qui s'abattaient sur ses épaules.

– Alors dites le prix, et faites un paquet cadeau !

Elle le lâcha d'un coup. Il tomba sur les fesses, se releva prestement, courut vers un rayon d'où il revint avec *Les Habits noirs* en collection Rouge et Or, et, tandis que Mamy instantanément calmée comptait les pièces dans son porte-monnaie, il confectionna en tremblant l'emballage cadeau le plus raté de sa carrière.

Abasourdi, je contemplais ma grand-mère redevenue comme avant, effacée, maîtresse d'elle-même et réfléchie. Seuls ses yeux injectés de sang et ses dents serrées sur sa lèvre inférieure trahissaient la tempête qui s'était levée en elle.

Pendant qu'elle déposait l'argent près de la caisse, je la vis soudain tourner vers moi un regard d'une détresse absolue. Remords de son acte, peur de l'image qu'elle venait de me donner, panique à l'idée que je rapporte l'incident à ma mère... Ou peut-être, mais je ne pouvais pas le savoir à l'époque, désespoir de s'être laissé à nouveau dominer par un accès de démence.

Alors j'ai senti monter en moi, pour la première fois sans doute, cet élan protecteur qui demeure aujourd'hui encore l'un de mes plus fréquents réflexes et mon talon d'Achille. Me redressant de toute ma petite taille, je toisai le libraire livide, qui rendait la monnaie en balbutiant à votre service et bonne journée. La voix vibrant d'un courroux légitime, je lui gueulai au visage :

– Et ne recommencez jamais, espèce de salaud, compris ?

Il s'enfonça un peu plus derrière son comptoir, secoua machinalement la tête, les paumes en écran devant sa poitrine. Ma grand-mère me prit la main avec un sourire de reconnaissance et on sortit, comme si rien ne s'était passé.

Sur le trottoir ensoleillé de la rue de la Buffa, on marchait tels des justiciers vengés, des croisés de l'honneur unis à jamais contre tous les malappris de la terre, protégés par notre complicité et l'impunité qui en découlait.

Au carrefour suivant, elle s'arrêta brusquement.

– Dis, on n'a pas oublié le livre ?

On rentra la tête dans les épaules, d'un même mouvement penaud.

– Tu ne veux pas y aller ? ajouta-t-elle d'une petite voix où pesaient à nouveau tous les malheurs du monde.

Chevalier blanc au service de ma suzeraine, je courus récupérer nos *Habits noirs*. J'avais beau jouer les bravaches, je n'en menais pas large : à l'approche du terrain de nos exploits, ma foulée ralentit considérablement. La porte était ouverte. Le paquet cadeau mal ficelé trônait sur le comptoir dans la librairie déserte. Je m'en emparai à pas de loup, et ressortis aussitôt à fond de train.

– Qu'est-ce qu'il t'a dit ? murmura Mamy avec une appréhension qui lui mouillait les yeux.

– Pardon et à bientôt, mentis-je spontanément, pour la beauté de la chute.

Curieusement, elle fit un signe de croix, puis on reprit notre marche. Sans l'ouvrir, j'exposai sur une étagère mon livre d'anniversaire, comme un trophée de chasse. Jamais on ne reparla de cet incident.

Quelques mois plus tard, un voisin découvrit le corps de Mamy, au bas de l'escalier de son immeuble. Sur le moment, le premier sentiment que j'éprouvai, honte à moi, fut la gratitude. Grâce à son décès, je pouvais passer ma première nuit avec une fille. Je me trouvais chez Olivier Plomb, en train de fêter les dix ans de sa sœur Valentine, et leurs parents – eux-mêmes psychanalystes – t'avaient proposé à l'annonce du drame de

134

me garder jusqu'au lendemain. Ultime délicatesse de cette grand-mère imprévisible, qui avait su partir sur la pointe des pieds en me faisant un dernier plaisir.

Je n'ai aucun souvenir de toi, au moment de son enterrement. Tu te cachais toujours quand tu avais trop mal. Moi, comme un crétin, j'étais fier de mon brassard de deuil qui déclenchait le respect des copains et l'indulgence de l'instituteur.

L'image de Mamy s'est diluée au fil des ans dans l'amour de Mamé, mon autre grand-mère, qui partageait avec moi des secrets moins brutaux sous la même connivence. Mais je viens de tomber sur *Les Habits noirs*, dans la maison de Savoie. Je l'ai lu, finalement. C'est vrai que ce n'était pas terrible. Quoi qu'il en soit, le petit volume rouge et or, sous sa jaquette photo de l'adaptation télévisée, restera toujours dans mon cœur un livre de chevet – le chevet de cette veuve éternelle aux élans de jeune fille à qui tu as dédié ton cahier bleu.

« A ma mère… », disent tes mots penchés sur la page de garde. J'ai envie de répondre : « A ta mère », comme si nous trinquions à sa santé.

L'as-tu retrouvée, là où tu es à présent ? As-tu connu enfin ton père ? Le curieux mélange de sentiments que m'inspire ton au-delà – pudeur complice, confiance en ton évolution et respect de ton intimité – me dissuade un peu de creuser ces questions qui hantent les survivants en pareilles circonstances. Comme l'instinct me retient de tenter avec toi une expérience d'écriture automatique. Je n'en sens pas la nécessité : ce livre est un moyen qui te convient mieux, je crois, pour recréer nos liens.

Je sens que tu as beaucoup de travail, dans ta nouvelle dimension d'existence, et que tout ne me regarde

pas. Et je ne suis pas là pour te soutirer un « message »
que tu ne ressens pas l'urgence de transmettre. En
somme, je me comporte exactement comme tu l'as
fait envers moi au moment de la puberté. Respect,
confiance, pudeur… Et porte ouverte.

– Si jamais tu veux qu'on en parle…, me disais-tu
à l'époque.

Il y avait, dans tes points de suspension, toute
l'affection patiente et attentive que j'éprouve aujour-
d'hui pour toi, depuis que tu as cessé d'être un simple
mortel.

Mais quand même, je ne peux pas passer sous silence les signes que tu m'as envoyés. J'ai raconté la chanson de Brassens et la gaine-culotte rouge fraise. Je n'ai pas encore parlé dc l'incroyable clin d'œil de ton anniversaire.

On t'enterra la veille de tes quatre-vingt-onze ans – comme tu l'aurais fait remarquer, tu étais mort avec un an de moins. Le repas qui suivit tes obsèques fut grandiose. Tes amis étaient venus de partout, les plus anciens comme les tout neufs – tu avais eu jusqu'au bout ce talent particulier de savoir créer des liens immédiats, au-delà des âges et des clivages.

Les larmes à peine séchées, fusaient déjà les premiers rires. On évoquait tes canulars, tes gaffes, tes colères décapantes et tes enthousiasmes à l'emporte-pièce. On échangeait des anecdotes, des émotions, des guignolades. Je regardais cette tablée de fête et j'étais heureux pour toi ; on aurait dit que tu étais là, on aurait dit que tu recevais.

Et puis voilà, le lendemain matin, dimanche 2 octobre, dans l'appartement tout bien rangé, on s'est dit que tu n'allais pas t'en tirer comme ça. Je coupai un morceau de panettone, ton gâteau préféré, et je retournai les tiroirs à la recherche de bougies. Dans un vieux sachet, j'en trouvai une dizaine, torsadées, blanc et bleu, qui devaient dater de mon enfance. J'en plantai une dans la part de panettone, on l'alluma et on porta le tout jusqu'à ta place, sur la table de la salle à manger, en chantant d'une voix lézardée : *Happy birthday to you.* On avait l'air fin. Et puis Françoise, la seule femme de ma vie que tu aies vraiment connue et aimée – elle t'avait glissé dans la poche, avant la mise en bière, ton paquet de Davidoff, un briquet, du chocolat et trois petits-beurre –, te dit : « Souffle ! » On attendit. Naturellement, tu ne soufflas pas. Alors je le fis pour toi et ensuite on applaudit, comme des andouilles. Je recueillis une larme pour humecter la mèche qui cessa de fumer.

En reculant, je renversai l'un des énormes vases qui fleurissaient ta mémoire, et on resta un bon quart d'heure dans la pièce, à réparer le genre de dégâts que tu causais si souvent de ton vivant. Puis on quitta la salle à manger, et j'y revins dix minutes plus tard pour chercher mon téléphone portable. Je tombai en arrêt. La bougie s'était rallumée.

Mon premier réflexe, après avoir fait constater le prodige, fut de chercher une explication rationnelle. J'allumai à la cuisine les neuf bougies restant dans le sachet, puis les soufflai pour voir ce qui allait se passer – peut-être s'agissait-il d'une variante de ces mèches à gaz qu'on ne parvient jamais à éteindre ? Elles ne se rallumèrent pas. Ce n'étaient que des ficelles normales enfermées dans du suif ordinaire. Et celle de la salle à manger termina de manière tout à fait naturelle sa carrière de bougie : au bout de vingt minutes, il n'y eut plus qu'une mèche carbonisée qui s'incurva comme un point d'interrogation avant de tomber en cendres.

Le sens était clair, à mes yeux : nous avions choisi le canal de l'humour pour communiquer avec toi, et tu avais répondu sur la même longueur d'onde. Toi... ou une énergie autre agissant contre les lois apparentes de la physique pour s'exprimer en ton nom.

Je n'ai pas *besoin* de croire. Pas envie d'*être sûr*. La probabilité me suffit. Je n'ai tenté aucune autre communication directe avec toi – même si j'ai eu de tes nouvelles par médiums interposés. Et je ne parle plus des simples « perceptions » dont il a été question avant. Désolé pour les rationalistes à outrance, mais tout ce que je relate ici est exact – pourquoi braverais-je les ricanements des sceptiques en inventant ce genre de choses ? Je ne milite pour aucune chapelle, je ne me shoote pas, j'ai des témoins, et je ne crois guère aux hallucinations miracles censées expliquer les phénomènes paranormaux. Loin de moi la volonté d'imposer une réponse, mais je ne me sens pas non plus le droit d'esquiver la question.

Six mois après ton décès, donc, je reçois par la poste une cassette sur laquelle j'entends : « Didier, c'est moi, je suis bien ton père. » Tantôt dans un souffle, tantôt par des sons graves ou suraigus, tantôt sous la forme apparente d'un bruit de scie, la « voix » donne ensuite des noms, des renseignements, des détails que je suis seul à connaître – toi-même de ton vivant en ignorais certains. Mais est-ce réellement *toi* qui parles ? Aucun trucage n'est envisageable, et l'hypothèse de l'illusion acoustique ne tient pas la route. Monique Simonet, qui a obtenu ces propos avec un vieux magnétophone en se concentrant sur toi dans son bureau, est la pionnière en France de ce qu'on appelle la transcommunication instrumentale. A près de quatre-vingts ans, elle a reçu de la sorte des milliers de messages pour des milliers d'inconnus ; elle y consacre sa vie sans jamais demander le moindre argent ni la moindre publicité, son seul but est de soulager survivants et disparus, d'essayer de mettre en relation par ses talents de standardiste les personnes en souffrance que la mort sépare. Les nombreux ouvrages qu'elle a publiés[1] tentent non pas de convaincre, mais de creuser le mystère de ces mots fabriqués à partir d'un support sonore – froissement de cellophane, bruit d'eau, station de radio étrangère en sourdine ou simples battements de cœur au milieu du silence... Ces mots dont l'interprétation est souvent très subjective, réclamant une oreille exercée ou une imagination sans bornes, mais dont l'intonation, de temps à autre – c'est le cas à deux reprises dans les courtes phrases imprimées sur la cassette que j'ai reçue –, ressemble à celle du défunt.

De là à savoir *qui* est l'agent émetteur de cette énergie laissant des traces intelligibles sur les bandes magnétiques... Une expérience menée, à l'université de Toronto, par des rationalistes qui voulaient prouver que les morts n'ont rien à voir là-dedans, a montré qu'en se concentrant mentalement sur une phrase (en l'occurrence : « Et le Verbe s'est fait chair »), un groupe de vivants arrivait à imprimer ladite phrase sur un magnétophone tournant dans une autre pièce. La publication de ces travaux concluait à la démystification d'un phénomène surnaturel – c'est dire où en est le rationalisme, aujourd'hui. Si le cerveau de chacun a le pouvoir de matérialiser des sons sur une bande

1. Notamment *Réalité de l'au-delà et transcommunication* (Le Rocher, 2005).

pour se rassurer quant à l'au-delà, je trouve cela encore plus extraordinaire que l'hypothèse spirite. Cela dit, rien n'interdit non plus d'imaginer qu'un trépassé, facétieux ou serviable, ait imprimé sur l'enregistrement ce que les universitaires souhaitaient y trouver.

Quoi qu'il en soit, ce n'est pas ainsi que j'entends communiquer avec toi. La fusion des imaginaires et des réalités, l'alchimie des mots qui prennent forme sur le papier en passant par tous les stades nécessaires, du labeur lucide aux connexions de l'inconscient, des tâtonnements épuisants jusqu'à l'évidence finale ; ce long chemin d'artifices sincères avant de parvenir au *naturel*, ce travail de raffinage incessant pour produire de l'émotion sous contrôle qui pourtant nous échappe – c'est tout ce qui me tient à cœur, c'est tout ce qui t'importe aussi, je le sens : tu es en demande de littérature et non de spiritisme. Le présent livre est un chantier d'amour bien plus qu'un acte de foi.

Mais n'empêche. Quand la voix de Monique Simonet, sur la cassette, demande dans quel état tu te trouves actuellement, et qu'un son crachoteur lui répond, en appuyant comme tu le faisais avec une gourmandise lyrique sur l'avant-dernière syllabe : « Je peux danser », je m'interroge. Je m'interroge et je souris. Ce sont toujours les détails incongrus qui emportent mon adhésion, jamais les questions de fond ni les croyances, ni même les analyses comparatives qu'un ingénieur du son a effectuées, à ma demande, sur des propos enregistrés de ton vivant et ceux qui figurent sur la cassette [1].

De tous les « messages posthumes » qu'il m'a été

---

1. Jean-Michel Mahieux (geobio@belgacom.net).

donné d'entendre depuis que je m'intéresse à ces phénomènes, celui qui m'a le plus ébranlé est celui qui m'a fait éclater de rire. Le mari de Monique Simonet, sceptique convaincu, venait de mourir un mois plus tôt, et la famille se réunissait à sa mémoire. Comme souvent dans la maison de Monique, une cassette tournait à vide dans un enregistreur. Lorsqu'elle l'a écoutée, le soir, elle a d'abord entendu les phrases qu'échangeaient frères et sœurs en se disant bonjour. Essentiellement des plaintes sur les ennuis de santé, les rhumatismes et les misères de l'âge. Puis soudain résonne, par-dessus les jérémiades, une voix très claire, une voix d'une gaieté consternée que Monique et les siens identifient aussitôt : « Eh ben, mes p'tits poulets, j'suis mieux où j'suis. »

En ce qui te concerne, je prends acte de ton retour sur les pistes de danse. Ravi que ça guinche pour toi dans l'au-delà. Tu en avais tellement assez de faire tapisserie.

*

Avant de clore ce chapitre, il faut que je rapporte le phénomène le plus extraordinaire à mes yeux, et qui s'est produit de ton vivant. Extraordinaire, car par ailleurs explicable. Mais débordant du cadre de l'explication avec une telle flagrance que même ma mère, qui ne s'attarde jamais longtemps sur l'irrationnel parce qu'elle a autre chose à faire, est restée médusée devant le spectacle que tu nous as donné un soir, à l'heure de l'apéritif.

C'étaient tes dernières semaines, tu le sentais et tu le réclamais.

– Je ne supporte pas de devenir gâteux, me disais-tu quand nous étions seuls. Je te préviens : ou je remonte la pente ou je meurs. J'en ai marre.

Que pouvais-je te répondre, sinon que tu allais remonter la pente ? Tu haussais les épaules. Ce que tu appelais « devenir gâteux », c'était ne plus pouvoir te concentrer des heures sur tes dossiers comme d'habitude. A quatre-vingt-dix ans, tu donnais toujours des consultations interminables à tes confrères sur ces subtilités de droit rural auxquelles nul autre que toi ne s'intéressait, et tu prenais à cœur de résoudre tout conflit surgissant dans la vie de tes amis, tes commerçants ou ton plombier – litiges, malfaçons, divorces, inculpations abusives… Sans parler des tonnes de conclusions que tu rédigeais pour ton procès en appel contre les voisins de Savoie, ni des écrits de Florence, la fille de ton amie Claude, que tu suscitais et encourageais comme tu l'avais fait pour les miens, ni du dossier des logements sociaux de la mairie de Villefranche dont tu présidais le Conseil des sages – titre qui faisait marrer tout le monde sauf toi, qui ne prenais jamais au sérieux que les problèmes d'autrui.

Mais là, ton énergie n'était plus disponible, mobilisée dans le combat que livraient tes anticorps contre les métastases. Lorsque je te voyais terrassé par ce que tu appelais pudiquement tes « coups de pompe », je m'asseyais au bord de ton lit et j'essayais de te redonner des forces par les pauvres moyens empiriques dont j'espérais disposer : massages, magnétisme ou reiki, cette fameuse technique japonaise de transmission d'énergie. C'est dans un de ces moments où tu t'abandonnais à la chaleur de mes mains que je t'ai posé une question qui aurait dû te paraître bizarre. Je t'ai demandé :

– Ça te dit quelque chose, Melchisédech ?

Le matin même, Patricia, l'amie qui m'avait initié au reiki, m'avait rapporté un de ses rêves où l'on me conseillait, par rapport à toi, de « me brancher sur Melchisédech ». Nous ignorions elle et moi à quoi correspondait ce nom. Et voilà que, tout naturellement, tu réponds :

– C'est le roi de Salem, à qui Abraham verse la « dîme de tout », c'est-à-dire qu'il se considère inférieur à lui et qu'il le place au-dessus de tous les prophètes, car c'est lui qui a inventé l'Eucharistie – pourquoi tu me demandes ça ?

J'étais soufflé par ta mémoire, mais il n'y avait rien là-dessous de prodigieux. Trois ans plus tôt, bien avant les atteintes du cancer, tu avais décidé de « compléter tes bagages avant de partir », comme tu répondais malicieusement à ceux qui s'étonnaient de te voir acheter, par correspondance, non seulement tous les livres de la Bible officielle et les évangiles apocryphes, mais aussi le Coran, le Talmud et le Bardo Thödol, pour savoir *dans le texte* sur quoi reposaient exactement les diverses confessions et philosophies de l'Invisible. Un vrai boulot de juriste, bien plus qu'un passe-temps d'érudit ou la démarche d'un croyant. Tu étais quasiment incollable, tu en remontrais aux plus pratiquants des chrétiens, juifs et musulmans de ton entourage, leur mettant le nez sur les contresens et les détournements de texte sur lesquels les docteurs de la loi avaient construit abusivement des religions antagonistes, et tu m'avais demandé de te fournir un bouddhiste parmi mes relations, afin d'avoir son opinion sur les quelques incohérences que tu avais relevées dans le *Livre des morts tibétain*.

Mais tout de même, la précision spontanée de ta réponse m'avait bluffé. Avant que j'aie pu t'exposer le pourquoi de ma question, tu t'es endormi sous la caresse de mes doigts qui tentaient en vain de rafraîchir ton front.

Je suis allé vérifier tes sources. La Bible de Jérusalem ne mentionnait qu'à trois reprises le nom de Melchisédech : dans la Genèse, le psaume CX de David et l'épître aux Hébreux de saint Paul. C'était en effet un roi-prêtre qui « apporta du pain et du vin » à Abraham, préfigurant l'eucharistie (Gn 14). Dans *Le Sacerdoce du Messie*, David fait dire à Yahvé : « Tu seras prêtre à jamais selon l'ordre de Melchisédech » (Ps CX). Et Paul écrit : « Ce roi de paix qui est sans père, sans mère, sans généalogie, dont les jours n'ont pas de commencement et dont la vie n'a pas de fin, qui est assimilé au Fils de Dieu, ce Melchisédech demeure prêtre pour toujours » (Hé 7). Un renvoi en bas de page précise que ce personnage mystérieux est considéré par certains pères de l'Eglise comme « le Messie de l'Ancien Testament », celui « en qui et par qui change la Loi » ; une sorte de prototype annonçant Jésus.

Deux heures plus tard, tu refais surface pour prendre l'apéritif. Tu es curieusement en forme. On ne t'a plus vu comme ça depuis des mois. Tu marches sans canne jusqu'à ton fauteuil du salon, tu bois une gorgée du cocktail que désormais tu laisses ma mère préparer d'après ta recette – le plus mauvais des présages à ses yeux ; je l'ai vue mélanger dans le shaker ses larmes aux glaçons. Et d'un coup, comme si tu poursuivais une conversation, tu t'es lancé dans un hallucinant monologue ponctué de claquements de langue et d'effets de voix, alternant malice et lyrisme – le ton des histoires dont tu avais nourri ma vie et qui me manquait tant depuis quelques années, depuis que les conflits de voisinage en Savoie avaient si gravement assombri ton humeur.

Je rapporte aussi fidèlement que je peux cet épisode qui, j'ai vérifié, ne figure pas dans la Bible, cet épisode que tu as inventé sous nos yeux, mais qui semblait sorti tout chaud de ta mémoire – ou du rêve que tu venais de faire.

– Un jour, Abraham demande à Melchisédech comment sauver son troupeau qui n'a plus rien à manger. Alors Melchisédech lui conseille d'aller en Egypte, où les moutons trouveront de l'herbe fraîche en abondance. « Mais que faire, si les Egyptiens me surprennent à conduire mes bêtes dans leurs pâturages ? – Fais l'innocent : tu ne savais pas que tu étais dans leur pays ; tu as vu de l'herbe, tu es venu, elles ont brouté. Demande-leur d'excuser ton intrusion, mais cette pâture était vierge ; ne vaut-il pas mieux une herbe digérée qui ensemence le sol plutôt qu'une herbe montée en graine qui se dessèche pour rien ? Et tu emmènes ton troupeau manger plus loin. Sois poli, malin, confiant. »

Tu attrapas une poignée de noix de cajou, tandis qu'on te regardait avec les yeux ronds, tu l'avalas et poursuivis :

– Abraham passa donc en Egypte : il écouta les conseils de Melchisédech et tout allait bien, le troupeau prospérait et les agneaux rendaient grâce à Yahvé. Mais un jour, voilà qu'Abraham s'aventure sur les terres de Pharaon, et là, des soldats viennent l'arrêter avec sa femme Sarah. Enchaînés, on les présente à la cour. « Qui es-tu, étranger, pour oser laisser tes bêtes souiller mon herbe ? – Abraham, sire. J'ai eu le tort de suivre mes moutons, qui m'ont conduit sur tes terres sans que je le sache. J'aurais dû me douter qu'une telle herbe ne pouvait qu'être tienne. Comment puis-je implorer ton pardon ? – Qui est cette belle femme à tes côtés ? Ton épouse ? »

C'est là que ton récit se raccordait à l'épisode de la Genèse, et tu fis la soudure sans aucune transition, comme si tout cela était sur le même plan et coulait de la même source.

– Alors Abraham, se souvenant des conseils de Melchisédech, répondit : « Je suis son frère, ô puissant Pharaon. » Ainsi, pensait-il, on le laisserait en vie par égard pour elle ; on le traiterait bien dans l'espoir d'obtenir les faveurs de sa sœur. Poli, malin, confiant. Délicieux, ton cocktail, Paule-Simone - il manque juste un doigt de Guignolet et un trait de Campari.

C'est la dernière fois où je t'entendis l'appeler par ses deux prénoms de baptême, traditionnel signe de bonne humeur et de connivence que tu n'eus plus guère l'occasion d'exprimer. Tu reposas ton verre, on passa à table et tu retombas presque aussitôt dans l'état d'apathie impuissante qui nous désolait, et contre lequel tu ne râlais même plus.

– René, ne t'endors pas en mangeant, au moins, s'il te plaît, suppliait Paule-Simone.

Cette offense involontaire à son talent culinaire – le seul moyen d'expression dans lequel tu ne l'avais jamais entravée par ta personnalité envahissante – la rendait malade, et je finissais en douce ton assiette dès qu'elle retournait à la cuisine, comme tu le faisais pour moi quand j'étais petit.

Tu partis te coucher avant le dessert, abrégeant mes commentaires sur ta légende parabiblique. Tu n'avais aucune conscience de l'extraordinaire numéro que tu venais de nous faire. On aurait pu te croire en transe, imaginer que « quelqu'un » parlait à travers toi, n'eût été ce ton d'anecdote distillée avec une emphase mutine qui, de tout temps, fut ta marque de fabrique.

Mais quel était le sens de ce récit, que devions-nous comprendre ? Cette histoire de moutons affamés, d'herbe étrangère et de mensonge diplomatique constituait-elle une parabole à décrypter ? Etait-ce une allégorie démontrant, chose étrange dans la bouche d'un juriste, que la loi est parfois contre nature, que le bon sens commande alors de la violer, et que, ce faisant, on ne nuit pas à l'autre mais on lui rend service ? La loi ancienne dit que l'herbe appartient au propriétaire de la prairie ; Melchisédech rappelle à toutes fins utiles que si elle n'est pas broutée, elle appauvrit le sol.

Ou alors il s'agissait d'une allusion à ton état de santé dont nous te cachions la gravité, à l'exode volontaire qui avait commencé en toi, à la manière dont j'essayais de retenir tes forces vives, de te soigner à ton corps défendant. Mais cette fable à message, si tel était le cas, nous donnait-elle raison ou tort ?

Dès que maman t'eut équipé pour la nuit avec l'une de ses gaines-culottes, j'allai te relancer dans ta chambre :

– C'est quoi, cette histoire, papa ? Tu l'as inventée ?

– Non, elle était là… Je la connaissais.

– Mais d'où ? Tu l'as lue ?

– Je ne sais pas. Elle est venue, comme ça. Allez, bonne nuit.

Le ton vaseux sur lequel tu me répondais traduisait un agacement, une réticence qui te ressemblaient si peu. Je n'ai pas insisté. Tu m'as laissé seul avec ce mystère qui, le lendemain, n'éveillait plus en toi le moindre souvenir. Quant à ma mère, elle se contenta d'esquiver le sujet :

– Oui, c'est curieux, mais enfin, il m'en a fait d'autres. Allez, vite, il faut que j'aille au laboratoire chercher ses analyses, donne-lui son fer et sa levure.

Tu es mort dix-sept jours plus tard. Aucun des théologiens que j'ai contactés par la suite n'avait eu connaissance d'un quelconque texte faisant intervenir Melchisédech dans les rapports entre Abraham et l'Egypte.

Je ne sais que penser de tout cela. *Poli, malin, confiant*. A défaut d'en retirer un enseignement, je me rappelle l'air de jubilation gamine que tu avais en prononçant ces mots, et je conserve la devise.

Odieux, naïf, désespéré. C'était toi, en cette année 1982. Le négatif parfait de ce que Melchisédech conseillerait par ta bouche à Abraham, vingt-trois ans plus tard.

Par un hasard au bout du compte assez cruel, ma première publication aux Editions du Seuil coïncidait avec ton départ en retraite. Je réalisais le rêve de ta vie tandis que tu jetais l'éponge, après un demi-siècle de barreau. Pour un homme persuadé de mourir avant trente ans comme son père, c'était un beau jubilé. Tu n'y voyais que la défaite de l'âge et de l'enthousiasme face à toutes les tracasseries administratives, financières et morales qui empoisonnaient désormais le métier d'avocat. Désespéré.

Tu avais beau claironner que tu avais douze mille choses à faire en dehors de ton travail, et que tes jeunes confrères allaient se disputer ton immense clientèle pour développer leurs cabinets, la fameuse clientèle n'avait pas trouvé d'acquéreur, et tu entrais dans l'inaction forcée avec deux tonnes d'archives sur les bras. Naïf.

Ce jour d'automne, j'avais loué une camionnette et nous étions allés à Saint-Paul-de-Vence, dans le jardin de mon oncle, brûler tous les dossiers dont tu n'avais pas réussi à retrouver les ayants droit. Le feu ne prenait pas, tu rabrouais ton beau-frère qui s'activait de son mieux entre le râteau et l'alcool à brûler, tu envoyais bouler ta belle-sœur qui te proposait une orangeade, et tu m'engueulais parce que je me débrouillais comme un manche avec le soufflet censé attiser les braises. Odieux.

D'ailleurs, ta femme était restée à la maison. « Je vous laisse entre hommes », avait-elle déclaré après nous avoir aidés à charger la camionnette. Elle avait bien fait. Les flammes s'éteignaient, le papier trop serré charbonnait à peine ; les conclusions, les pièces à conviction et les rapports d'expertise nous enfumaient sans que le tas diminue, la pluie et la nuit commençaient à tomber, il n'y avait plus d'alcool au village et tu étais en train d'attraper la crève. Annoncé la veille comme un feu de joie, ton barbecue juridique tournait à la débâcle.

Et puis le vent se leva, et ta vie se mit à brûler. « Enfin ! » t'écrias-tu. L'oxyde de carbone rabattu par le mistral rougissait tes yeux, les cendres se collaient sur ton rictus de pyromane. J'aurais voulu te dire ne pleure pas, ou du moins ne fais pas semblant de te réjouir en regardant s'envoler du brasier des copeaux de souvenirs ; j'aurais voulu trouver les mots pour que tu arrêtes de te sentir carbonisé parmi cinquante années au service des autres.

Chaque dossier qui s'embrasait, c'était une part de toi que tu réduisais en cendres. Tu revoyais ta carrière dans le désordre, au gré du bûcher ; tu revivais les joies, les dilemmes, les accommodements, les victoires éphémères et les échecs latents qui s'incrustent. Comme la plupart des gens, tu avais connu la vache enragée, les coups de chance, l'exaltation, l'ingratitude, les revers. La tentation, aussi.

Au début des années cinquante, un de tes vieux clients, exploité agricole de la plaine du Var, t'avait supplié de sortir sa fille d'un horrible malentendu. La petite Mireille, que tu avais tenue sur tes genoux, avait été appréhendée pour racolage alors qu'elle livrait des fraises, la pauvrette, se lamentait le papa. En fait, tu découvris que la jeune fille était fichée comme prostituée à Nice depuis deux ans. Mais, vu que le policier qui l'avait interpellée n'était pas en service au moment des faits, et que le motif de l'arrestation semblait moins le commerce de ses charmes que le refus de les offrir gratuitement, tu arrangeas les choses à l'amiable avec le commissaire. Et tu sermonnas Mireille, qui te jura naturellement que plus jamais on ne l'y reprendrait, sur la tête de son père, la leçon avait porté, la famille avant tout.

Trois jours plus tard, ta secrétaire entra dans ton bureau avec le nez pincé et les lèvres en cul de poule.

– Maître, il y a des « personnes » qui vous demandent.

Les guillemets claquaient dans la voix de Mme Vandromme avec une réprobation funeste.

– Quel genre de personnes ?

– Vous verrez.

Et elle introduisit un homme en complet gris aux fines rayures groseille, que suivaient deux blondes à décolleté plongeant montées sur talons aiguilles. L'homme te remercia pour Mireille, te félicita pour ton efficacité, ta discrétion, ta délicatesse, et déclara qu'il serait enchanté de pouvoir te confier à l'année l'ensemble de ses affaires : tes conditions seraient les siennes. D'un geste sobre, il sortit de sa poche intérieure un chèque en blanc, qu'il déposa sur ton bureau.

Scrupules et perspectives s'affrontèrent dans ta tête. Tu connaissais de réputation ton visiteur : c'était le plus gros donateur des hôpitaux de la ville. Outre le principal réseau de prostitution niçois, il contrôlait, disait-on, la plupart des casinos et boîtes de nuit de la Côte. Tu gagnais juste de quoi nourrir ta famille, à l'époque, tes clients paysans te payaient le plus souvent en fruits et légumes, et la mère de tes enfants avait décidé de redécorer l'appartement. Tu avais quand même hésité cinq ou six secondes, m'as-tu avoué un jour avec une fierté mutine. Mais tu préférais tirer le diable par la queue plutôt que lui vendre ton âme, et tu repoussas le chèque en blanc. Comme ton interlocuteur ne le rempochait pas, tu le déchiras.

– Prenez tout de même le temps de la réflexion, sourit le rayé groseille avant de se retirer.

Vingt secondes plus tard, Mme Vandromme vint rechercher les demoiselles qu'il avait oubliées dans ton bureau. Et tu n'eus plus jamais de nouvelles du protecteur de Mireille, qui avait respecté ton choix. Tu ne tiras aucune gloire de ce refus. Tu te contentas de prendre quelque distance avec le brillant confrère qui, lui, avait accepté la proposition, et qui apparemment n'eut jamais à le regretter.

Une deuxième tentation fut celle des assises. Les crimes « porteurs », la célébrité par médias interposés. Je me souviens de la seule fois où je t'ai vu plaider une affaire d'homicide. En tant que partie civile, tu défendais le chagrin d'une vieille amie dont le fils avait été assassiné, découpé et réparti dans plusieurs sacs-poubelle. L'accusé, homophobe nécrophile, était quelqu'un d'important qui avait fait descendre de Paris l'un des plus grands ténors du barreau, lequel arriva en retard à l'audience, la mèche en bataille et le teint légèrement couperosé. Sa défense reposait tout entière sur l'alibi en béton de son client à l'heure supposée du crime. C'était à toi de plaider. Avec l'air en dessous de Lino Ventura et le phrasé de Jean Gabin dans *Le Président*, tu attaquas :

– Mesdames et messieurs les jurés, je prie mon estimé confrère parisien, qui visiblement sort de table, de bien vouloir excuser la démonstration qui va suivre.

Et tu te lanças dans une éblouissante saga retraçant la vie des vers, leurs mœurs, leur mode de reproduction et le système de comptage des générations permettant à la médecine légale de fixer l'heure d'un décès, à moins que le renouvellement des troupes ne soit cassé par la chaîne du froid. Tu démolis les conclusions du légiste, tu prouvas la préméditation et le stockage au frigo du cadavre en kit. Je buvais tes paroles. Ton ode aux asticots, ces vaillants auxiliaires de la justice, c'était beau comme du Lautréamont. J'avais dix-sept ans, c'était ma période glauque, je ne jurais que par *Les Chants de Maldoror*, le lyrisme exalté du morbide, et je t'admirais comme jamais parce que j'avais l'impression que tu ne plaidais que pour moi.

Ton estimé confrère de Paris s'efforça en vain de dissimuler ses haut-le-cœur sous les effets de manches et les vices de forme, puis il reprit le chemin de l'aéroport sans dire au revoir à personne. L'auteur du meurtre à la découpe, condamné à mort, échappa au festin des asticots par le biais d'une grâce présidentielle. Largement répercutée dans la presse, ta victoire vermineuse sur l'avocat le plus médiatique de France te valut des ponts d'or, mais tu refusas de transformer l'essai, de devenir une vedette des assises. Toi qui étais cabot dans l'âme, toujours en quête d'un public, tu détestais ce principe d'un jury populaire qu'on substituait à la conscience des juges. Tu détestais devoir *plaire* pour défendre. Tu n'acceptais un dossier criminel que lorsqu'il concernait l'un de tes clients. Pour le reste, tu répugnais à mener carrière sur le dos d'un assassin ou d'une victime. Ton nom dans le journal, tu n'aimais le voir qu'à la rubrique des spectacles, lorsque les critiques rendaient compte de ta prestation d'acteur dans la Revue du Palais. C'est d'ailleurs tout ce que j'ai retrouvé dans ton press-book.

La défense des gens célèbres ne t'excitait pas trop non plus. Lorsqu'un petit-fils Renoir te confia ses intérêts et que tu gagnas un procès contre un illustre expert en tableaux, tu n'apprécias guère les retombées mondaines, les courtisaneries et la moralité flexible des marchands d'art. Tu transmis les affaires suivantes à mon frère Thierry, qui à son tour remporta des victoires qui furent tes plus grandes récompenses.

La conscience professionnelle, en fait, te tenait lieu d'ambition. Tu aimais les clients simples aux affaires compliquées, les conducteurs de bus, les cultivateurs et les pêcheurs qui partageaient ta salle d'attente avec leurs cageots de fraises, leurs poulets de grain ou leurs dorades du jour, et lorsqu'un P-DG ou les héritiers d'un impressionniste se trouvaient parmi eux, il fallait bien qu'ils s'adaptent, sinon tu les aiguillais vers des cabinets plus chic à l'ambiance inodore.

Au service des justiciables, tu remplissais ton devoir, pas ton ego. Ta seule vraie fierté, ta seule vanité, c'était la réussite de tes enfants. Lorsque Claude redressait une entreprise avec sa boîte de consultants, tu te gonflais comme un bœuf. Chaque fois que Catherine, physicienne nucléaire, supervisait un tir de missile à Bourges, tu ne passais plus les portes. Quand Thierry gagnait une affaire, tu t'endormais sur ses lauriers. Et le succès de mes livres était d'abord le tien – comment te donner tort ? Nous te cachions nos revers avec plus ou moins de bonheur ; souvent tu perçais à jour nos faux-semblants, et tu nous donnais le change en souffrant pour nous sans le montrer.

*

Les piles de dossiers ficelés diminuaient au crépuscule ; ta carrière partait en fumée. Tu regardais l'amoncellement de divorces, baux ruraux, servitudes de passage, intérêts syndicaux, têtes sauvées, abus de confiance qui basculaient sous nos râteaux, poussés vers le feu de détresse qui consumait une vie. Qui réduisait en cendres égales, après les avoir réveillés, les souvenirs et les chimères. Te sentir poussé vers la touche tandis que j'entrais sur le terrain, publié, étalant notre nom dans le journal, était une blessure dont tu n'avais pas conscience, trop content pour moi, mais qui ranimait une dernière fois, j'imagine, tous les rêves que tu avais abandonnés à mon âge.

J'ai raconté cette scène dans *Cheyenne*, en 1993. Je l'avais un peu enjolivée. J'écrivais : « Il riait, comme toujours, pour ne rien laisser voir. Mais je sentais brûler entre nous ses rêves de marine de guerre, de théâtre, de fictions, ses concessions successives qui avaient alimenté paradoxalement son rayonnement de joyeux

156

drille, parce que la vie lui avait suffisamment pris pour qu'il décidât de garder quelque chose à donner. »

En fait, tu ne riais pas du tout. Ma tante Suzy et mon oncle André ne t'avaient jamais vu comme ça. Vous n'étiez pas toujours d'un caractère compatible, mais ils aimaient ton dynamisme enthousiaste, tes cabotinages au long cours, ta bonne humeur offensive, la pudeur de tes souffrances. Là, tu donnais ton mal en spectacle. Déprimé, dépassé, agressif. Ils ne te reconnaissaient plus. Le décor de leur maison, où vous aviez répété avec tant d'ardeur, en costumes de premier Empire, de Persépolis ou des Années folles, vos spectacles du Lion's Club, serait dorénavant lié pour toi à l'autodafé de ta vie active. Ils n'y étaient pour rien, ils n'avaient fourni que le terrain, l'alcool à brûler, des allumettes, les râteaux et un coup de main.

J'ai souffert que tu leur en veuilles d'avoir été les témoins du seul moment de notre existence où je t'ai trouvé *en dessous*. Il y a prescription. Ils ont pris leur retraite, depuis, eux aussi.

*

Une fois tes archives incinérées, je suis reparti pour Paris. Emissions, signatures, adaptation cinématographique... Tu m'appelais chaque soir, tu voulais tout savoir. Quel était mon planning, qui j'avais rencontré, quels contacts j'avais pris, quelles négociations étaient en cours, quels projets en chantier, quels voyages en vue. J'ai fini par découvrir que tu notais tous mes rendez-vous, tout mon emploi du temps dans ton agenda désaffecté. *12 h 30 : déjeuner Frédéric Dard, 17 h : photos pour* L'Express, *20 h 30 :* Apostrophes *(maquillage)*. Tu vivais ma vie par procuration. Par dérivation. Par osmose.

Quand tu ne trompais pas l'oisiveté forcée dans la mer, sur les courts de tennis ou les pistes de ski, tu t'enfermais dans le laboratoire vidéo que tu t'étais installé entre placards et congélateur, au désespoir de ta femme, dans la petite pièce de rangement attenante à la cuisine. Là, emmêlé dans les fils de tes magnétoscopes, tu enregistrais chacune de mes apparitions à la télé, tu me copiais, tu m'isolais, tu m'avantageais au montage. Tu faisais un « bout-à-bout » de mes interviews, coupant le présentateur et les autres invités. Puis, micro en main, tu réinjectais en voix off les questions et les commentaires des journalistes qui avaient disparu du montage. Parfois, dans le feu de l'action, tu effaçais accidentellement ma voix, alors tu me doublais, en imitant mes intonations. C'était du travail de ventriloque bien plus que de la post-synchro. Tu greffais tes rêves sur ma vie, tes paroles sur mes lèvres.

Aussi méticuleux que maladroit, tu te trouvais généralement, lorsque je venais en week-end, aux prises avec les conséquences d'une fausse manœuvre. Je t'embrassais sur le front, tu me regardais à peine, rivé sur ton écran où mon image ondulait parmi les parasites et les zébrures. Maman s'impatientait :

– Ton fils te dit bonjour.

– Attends, je finis de le repiquer.

J'aimais bien cette expression, qui évoquait moins pour moi le montage vidéo que l'horticulture. Mais c'était parfois un peu lourd à vivre. Déraciné depuis l'enfance, tu t'étais rempoté dans mon image publique. Tu voulais tout savoir de mes projets, mais tu ne me racontais plus d'histoires. Tu estimais que tu n'avais plus rien d'intéressant à dire. J'avais grandi comme un lierre s'accroche à un tronc, et dorénavant tu inversais les rôles. Je te servais de tuteur.

Et puis l'impensable arriva : au bout de dix ans de retraite, brusquement, tu redevins autonome et tu repris ton métier. Une consœur et amie t'avait appelé en catastrophe : son associé venait d'être inculpé, elle ne pouvait tenir le cabinet toute seule, elle avait besoin de toi. Immédiatement, tu répondis présent. Tu éteignis tes magnétoscopes, archivas mes images, remontas de la cave ton cartable, et tu repartis au bureau.

Commença alors ce qui est pour moi le plus beau moment de ta vie. Ton confrère Joël, avocat d'élite, élu local, esprit libre allergique aux compromissions « nécessaires », se retrouvait en prison sur dénonciation, au terme d'un coup monté judiciaire qui rappelait exactement ce que tu avais subi à la Libération. Ligues de vertu, politiciens des différents bords et opportunistes de tout poil lui tombaient dessus, la plupart de ses amis prenaient leurs distances sur l'air d'« Il n'y a pas de fumée sans feu », et le Conseil de l'ordre le suspendit à titre temporaire – comme cela avait été le cas pour toi, lorsqu'un quarteron de collabos avait tenté de se dédouaner sur ton dos.

Tu courus à la maison d'arrêt ; tu n'y fus pas admis. N'étant plus avocat en exercice, tu n'avais pas droit au parloir.

Lorsque Joël, brisé nerveusement, sortit de détention préventive six semaines plus tard, il te trouva installé dans son bureau. Tu avais tenu à jour tous ses dossiers, reçu ses clients, rédigé ses conclusions, préparé ses plaidoiries, tout en clamant son innocence dans tout Nice, quitte à choquer les bien-pensants que tu rayas de tes relations. Bref, tu reproduisais à son profit ce que ton confrère Edmond Nabias avait accompli pour toi, un demi-siècle plus tôt. Et tu racontas à Joël ce qu'*ils* t'avaient fait, en 1945. Jamais tu n'en parlais – j'ai dû fouiller les archives pour découvrir avec quelle perversité les immondes avaient tenté de te salir. Mais cette blessure rouverte, voilà qu'elle offrait matière à transfusion. Voilà que les stigmates se justifiaient parce qu'ils servaient à quelque chose. Voilà que l'amertume se transmuait en générosité, pour aider un jeune homme d'aujourd'hui à traverser l'épreuve que tu avais eu tant de mal à surmonter.

Je viens d'appeler Joël pour lui demander s'il m'autorisait à relater ces heures communes, qui appartiennent à son histoire personnelle bien plus qu'à ta mémoire. Il m'a dit oui immédiatement. Il a précisé que c'était important pour lui que j'en parle. Il a ajouté :

– René, c'était un soutien de chaque instant, c'était un roc : j'avais la sensation d'être solide parce que je m'appuyais sur un roc. Il était là, donc tout se passerait bien. Il m'a redonné confiance en moi, il m'a réconcilié avec mon métier, avec mes confrères. On a élaboré ensemble des stratégies d'enfer pour mes clients, parce que c'était un juriste hors pair et que sa puissance de travail larguait tout le monde. Et en plus, on se marrait. Il réussissait à me faire rire comme si rien ne s'était passé. Quand il était près de moi, ce qui avait eu lieu ne comptait plus ; ce n'était qu'un mauvais rêve. La réalité, c'était lui. La vraie vie, c'était lui.

Mais de ton côté, c'était pareil : en aidant Joël à

refaire surface, tu remontais la pente. En constatant, à quatre-vingts ans, que tu n'avais rien perdu de tes réflexes d'avocat ni de ton ascendant, tu reprenais goût à la vie, tu te sentais utile, nécessaire, indispensable. La vraie générosité se nourrit toujours d'une part d'exaltation égoïste, sinon elle n'est qu'abnégation – un élan obligé, beaucoup moins efficace.

Joël me dit encore :

– Il ne se passe pas un jour sans qu'on parle de lui, au cabinet. Avec le sourire, ou avec le respect. « René aurait fait ci, René aurait dit ça… » La tristesse, jamais. On ne peut pas être triste quand on parle de lui ; ça serait contre nature.

Il fut réhabilité, cinquante ans après toi. Il y a toujours une justice, pour peu qu'une personne croie en vous. Quand tu le sentis remis de l'épreuve, tu débarrassas tes affaires de son bureau, suggérant que ta présence n'avait plus de raison d'être. Protestations, cris du cœur. A la demande générale, tu fis donc la retraite buissonnière encore cinq ans, travaillant comme quatre en paradant au milieu des jolies secrétaires et des stagiaires qui buvaient tes conseils.

Puis, après quelques victoires inespérées au prix de nombreuses nuits blanches, tu décidas, pour profiter de ta famille et de ton laboratoire vidéo, de mettre fin à tes activités pour la seconde fois. Ce coup-ci, tout se passa beaucoup mieux. En fait, au grand dam de ma mère, tu continuas à gérer tes dossiers sur la table de la salle à manger : la seule différence avec la « vie active » que tu avais feint de quitter, c'est que tu ne prenais plus le bus chaque matin à sept heures, un sandwich glissé dans ton cartable.

Au repas d'obsèques où l'on se racontait des morceaux de ton histoire, mes frères et sœur furent stupéfaits comme moi d'entendre Joël expliquer tout ce que tu avais fait pour lui. Tu n'en avais jamais soufflé mot. Secret professionnel. Déontologie de l'amitié.

On n'en sera pas surpris : au nombre des cadeaux que je te dois figurent tes copains. Par une osmose naturelle enjambant le fossé des générations, ils sont tous devenus les miens. Ils avaient en commun les valeurs que tu as su me transmettre par contagion : la loyauté, la fantaisie, la rigueur et l'audace.

Le premier qui m'ait marqué est celui que tu m'avais choisi comme parrain : Henri Gaffié. Quand je suis arrivé dans sa vie, il ressemblait à Groucho Marx dernière période. Cigare en bataille, moustache taillée au cordeau, mélange d'élégance distante et de raideur affable, il suscitait par son aura le respect servile chez les rampants comme la connivence immédiate chez les artistes. Expert en tableaux mondialement redouté, galeriste au long cours, conseiller artistique de l'Aga Khan et de Rainier III, copain d'Utrillo, Matisse, Vlaminck, van Dongen et Dufy, il était aussi à l'aise à la cour des princes que dans la « cage aux fauves », pour reprendre l'injure dégoûtée du critique Louis Vauxcelles, face à l'éruption de couleurs crues qui marqua le Salon d'automne 1905 – injure dont Vlaminck et sa bande s'étaient empressés de tirer leur nom de baptême. Les fauves étaient la passion d'Henri, sa deuxième famille, sa part de bohème. J'avais huit ou neuf ans quand je l'entendais me lancer avec une malice sentencieuse des phrases comme :

– Toi qui aimes les mots, sais-tu ce qu'est un vrai galeriste ? Un compagnon de galère.

Son amitié pour les peintres, son flair et sa psychologie de courtisan avaient assuré sa fortune, mais il ne s'en cachait guère. Il possédait au-dessus de Beaulieu-sur-Mer une gigantesque maison 1900 à colonnades et statues qui s'appelait Allégria. On y prenait l'apéritif entre un Matisse et un Degas, on dînait en face d'un Renoir, on jouait aux cartes encadré par quatre Vlaminck et on faisait pipi sous le regard de Dufy – le fameux autoportrait de 1897, peint le jour de ses dix-sept ans.

La totale décontraction de cet homme, vivant au milieu de ses trésors encadrés avec une alarme qu'il s'abstenait de brancher parce que les voyants de contrôle lui agaçaient l'œil, m'a gâché à jamais toute visite normale dans un musée. Chez mon parrain, les chefs-d'œuvre n'étaient pas en prison : on les touchait, on les caressait, on leur « flattait la pâte », comme il disait. Un jour où je tachai malencontreusement de chocolat-fraise une baigneuse de Matisse, Henri humecta son index, nettoya la toile, considéra pensivement mon cornet de glace, suça son doigt et, au lieu de me gronder, laissa tomber d'un ton neutre :

– Dorénavant : sorbet citron.

Il était marié depuis toujours à Peggy, une toute petite femme volcanique à l'humour implacable, qui parlait pour deux, mangeait comme trois, et donnait le signal du départ dans les dîners mondains où elle le voyait s'ennuyer, glapissant d'un bout à l'autre de la table :

– Henri, vestiaire !

D'origine tzigane et soigneusement hors norme, elle cousait elle-même ses robes et ses chapeaux, ce qui lui permit de consoler un soir, à sa manière, l'épouse d'un ministre monégasque et ma mère qui, habillées par le même couturier, s'étaient retrouvées chez elle dans un ensemble identique :

– Moi, au moins, ça ne risque pas de m'arriver.

En 1970, les Gaffié quittèrent Allégria, qui commençait à s'enfoncer un peu à cause d'un lac souterrain : les fissures faisaient tomber les tableaux. Ils la vendirent à une caisse de retraite, après l'avoir louée pour le tournage de *La Promesse de l'aube*, le film que Jules Dassin avait tiré du livre de Romain Gary.

Allégria fut mon premier chagrin des murs, comme tu disais, et je n'ai cessé de la ressusciter dans presque tous mes romans. Henri avait fait construire son anagramme, Airgella, au-dessus du port de Villefranche. Une villa de marbre rose qui me parlait beaucoup moins, mais où Peggy et lui coulèrent une retraite paisible au milieu de leurs chefs-d'œuvre, jusqu'au jour où ils furent attaqués à la kalachnikov.

Un quart d'heure durant, le commando vida ses chargeurs dans les baies vitrées blindées, essayant par tous les moyens de s'introduire dans la maison où les deux vieillards assiégés décrochaient prestement les Degas, Modigliani et consorts pour les descendre dans la chambre forte et s'y enfermer, quitte à mourir d'asphyxie au milieu des coups de cœur qui avaient jalonné leur vie.

Mais les vitres Securit résistèrent au mitraillage, et le commando s'enfuit à l'arrivée de la police. Henri conserva jusqu'à sa mort les traces d'impacts sur la façade, fier de les montrer comme une blessure de guerre.

– Les toiles doivent vivre en famille comme du vivant des peintres, confia-t-il au journaliste de *Nice-Matin*, médusé par la légèreté de ce collectionneur qui avait raccroché ses trésors à leur place, sans souci des assurances. La peur est mauvaise conseillère, et mes tableaux me protègent de tout.

Sauf de Tchernobyl. Henri développa en 1987, en même temps que son frère, le cancer du thym et de la marjolaine attaquant les thyroïdes de la Côte d'Azur, après les retombées du nuage radioactif qui s'étaient concentrées dans les fines herbes. Son frère suivit une radiothérapie qui lui brûla les cordes vocales, mais il est toujours là, quasiment centenaire. Henri, trop occupé par l'achat d'un Renoir à problèmes, querelles d'experts et dédouanement, se contenta d'une opération à la va-vite et mourut en colère contre lui-même, quelques semaines après avoir renoncé à la transaction.

Sa fille Marion m'a rapporté ses dernières paroles :

– Mais si, j'aurais dû l'acheter ! Quel con !

*

Tu l'avais rencontré au début des années cinquante, alors témoin du prince Ali Khan dans son mariage avec Rita Hayworth. Toi qui étais l'antimondain par excellence, tu ne cessas jamais de le chambrer sur les têtes couronnées et les culs pailletés qui jalonnaient son univers, mais tu fus immédiatement séduit par l'intelligence qu'il mettait au service de ses passions.

Vus sous cet angle, ses rapports avec le fils de l'Aga Khan t'enchantaient. Tous deux ne jurant que par la peinture et les voitures américaines, ils avaient conclu l'accord suivant : en janvier le prince achetait la limousine qui lui avait tapé dans l'œil, s'en lassait au bout de six mois, et la refilait à Henri en échange de trois ou quatre tableaux, selon la cylindrée. En réalité, Henri détestait ces grosses caisses de nouveau riche qui ne freinaient que d'un pneu, mais il feignait de partager la passion d'Ali afin d'être sûr de lui fourguer chaque printemps, en paiement de la Cadillac, Buick ou Lincoln, les toiles de jeunes artistes qui verraient leur cote grimper en transitant par la collection du prince.

Cela dit, les américaines présentaient tout de même un avantage aux yeux de mon parrain : la taille du coffre. Lorsqu'il se rendait en Normandie chez les Vlaminck, une fois par an, il partait chargé de dizaines de jambons de Parme et San Daniele, pour revenir avec quarante tableaux. Tu adorais Vlaminck, et tu fournissais le jambon.

Même si tu vivais à distance, par procuration, les interminables déjeuners de Rueil-la-Gadelière, ce géant flamand aux cheveux roux entouré de ses deux filles gigantesques te rappelait tes origines, réveillait ta nostalgie d'une famille truculente éructant sa joie de vivre entre les garbures, les pot-au-feu et les concerts poussecafé, lorsque l'ancien coureur cycliste déchaînait son violon pour accompagner ses héritières qui s'époumonaient dans leur tuba, l'instrument qu'elles jugeaient le mieux adapté à leur gabarit.

Venait enfin le moment où Maurice De Vlaminck posait son archet, repoussait sa chaise et, dressant d'un coup sa masse flamboyante, sonnait la fin des agapes :

– A propos, Gaffié, tu veux peut-être voir ma peinture ?

Henri cachait mal son soulagement : doté d'un appétit d'oiseau et d'une sobriété prudente, il jouait les pantagruéliques pour mettre son hôte dans de bonnes dispositions. S'efforçant de ne pas trop tituber, il le suivait dans son atelier surencombré d'huiles puissantes et de pâtes agressives.

– Alors, Gaffié, laquelle tu veux ?

– Toutes.

– Non, papa, t'as pas le droit ! beuglaient Edwige et Godelieve en se pendant à son cou. Faut pas les vendre, on veut pas !

– Va jouer, je négocie, glissait Henri à Vlaminck en lui confiant les clés de la Cadillac, Buick ou Lincoln.

Avec une excitation de gamin, le fauve courait s'installer au volant de l'américaine pour manœuvrer les interrupteurs qui décapotaient, baissaient les vitres et actionnaient le mange-disque, tout ce luxe électrique inabordable en France dans les années d'après-guerre, et il résistait difficilement à la tentation de démonter le tableau de bord pour étudier l'agencement des circuits. Henri, pendant ce temps, déployait des trésors de diplomatie pour que les gardiennes du temple acceptent de laisser partir les toiles paternelles.

– Mais on n'a pas besoin de pognon, dans ce trou, on dépense rien !

– N'ayez pas peur, insistait-il en sortant de son cartable les liasses de billets, je vous les paie au-dessus du marché, comme ça vous aurez de quoi en racheter même si la cote explose.

– On s'en fout qu'elle explose !

– Mais si vous voulez qu'il continue à peindre, il faut bien que je débarrasse son atelier.

Cet argument de vide-grenier finissait par l'emporter ; Henri alors se gorgeait de café pour noyer le saint-émilion avant de prendre la route, et, suite aux bricolages énergiques opérés par l'artiste, il repartait avec la capote à demi repliée, deux vitres coincées ou une chanson rayée impossible à sortir du mange-disque.

Pour couronner le tout, mon parrain devait souvent transiter par Montmartre, afin de descendre dans le Midi Maurice Utrillo. Celui-ci, beaucoup moins gourmand que la Cadillac, Buick ou Lincoln, consommait tout de même ses trois litres au cent : à chaque plein d'essence correspondait un casier de bouteilles.

Sur mon bureau, j'ai une photo qui en dit plus sur les secrets de l'art que n'importe quelle étude savante. On y voit Henri, de trois quarts dos, tendant ses pinceaux à Utrillo qui, dans une chambre du Plaza de Nice, est en train de peindre, clope au bec, la façade de l'hôtel *dans lequel il se trouve.*

*

Finalement la peinture, votre passion commune, était votre principal sujet de discorde. Tu peignais le dimanche des aquarelles qu'Henri ne regardait même pas, et du coup, vexé, tu ne lui achetais jamais une toile.

– Il y en a bien qui te plaisent, pourtant, te reprochait-il.

169

– Elles sont mieux chez toi, et ça me donne l'occasion de te voir.

Puis tu ajoutais, mine de rien :

– Tiens, Rudin a encore offert à Didier une édition originale de Giono.

C'est Jean-Pierre Rudin, ton ex-beau-frère, qui, dans sa librairie de l'avenue Félix-Faure, t'avait jadis présenté Henri. Du coup je finis par recevoir, en cadeau de communion, un bouquet d'anémones dédicacé par Raoul Dufy à Peggy Gaffié, lithographie numérotée 116 sur 150.

Dans la foulée, comme tu ne lui demandais jamais d'honoraires pour les procès que tu lui gagnais, Henri t'offrit une toile de maître. Une grande huile obscure de l'école flamande que j'adore, par la puissance qui se dégage de sa banalité. C'est une scène de poulailler, qui certainement a gagné en mystère, au fil du temps, sous l'effet conjugué du soleil, des poussières et des feux de bois qui ont assombri le décor en faisant ressortir la pâte. Le coq et les deux poules encadrent leurs poussins en pleine forêt dans une lumière d'orage et, au centre de la composition, se trouve un apport du XXᵉ siècle, fruit de notre collaboration.

Un matin de printemps, en chômage scolaire pour cause de Mai 68, je faisais des expériences dans la salle à manger avec mon pistolet Eurêka, pour voir si un crayon de couleur pouvait se substituer à la traditionnelle fléchette à ventouse dont je m'étais un peu lassé. Et l'irréparable se produisit. Le coup partit, dans un *dzong !* fatal, et le crayon à la mine bien taillée fut expédié par le ressort du canon jusqu'au centre du tableau flamand où il se ficha. Je le retirai avec mille précautions et attendis, penaud, ton retour à la maison.

C'est toujours à toi que j'annonçais les conséquences de mes bêtises, et tu les réparais de ton mieux avant que maman ne s'en aperçoive. Mais là, c'était plus grave que d'habitude.

– Merde, laissas-tu échapper entre tes dents.

– C'est juste un crayon de couleur, dis-je pour atténuer le sinistre, sous-entendu : j'aurais pu glisser dans le canon mon stylo à encre.

– Et Henri qui vient dîner. Bon, occupe ta mère : je me débrouille.

Libéré d'un grand poids, j'allai aider maman à la cuisine, tandis que tu courais farfouiller dans la salle de bains, puis dans ma chambre. Lorsque je revins à la salle à manger pour mettre le couvert, j'eus un choc. Planté devant le tableau, la langue entre les dents, le nez plissé, le bras tendu, tu appliquais au pinceau, par petites touches précises, une peinture vert foncé sur le bout de sparadrap que tu avais collé par-dessus le point d'impact.

– Il n'y verra que du feu, m'assuras-tu en me rendant mon tube de gouache, avec une fierté de galopin qui a réussi un mauvais coup.

Par précaution, je plaçai tout de même le couvert de mon parrain dos à la toile. Lorsqu'il entra dans la pièce, un regard lui suffit, et un léger haussement de sourcils fut sa seule réaction.

A plusieurs reprises, par la suite, dans ses garden-parties d'Allégria, je l'entendis te présenter en ces termes à ses amis peintres :

– Mon camarade René, le grand restaurateur des ateliers du Louvre.

– A votre service, t'inclinais-tu en leur serrant la main.

Comme il était marchand d'art, je lui confiai à huit ans ma décision de devenir écrivain. Face à ton suicide que je pensais imminent, il fallait bien que je le prépare à tenir son rôle de parrain. Au volant de sa Rolls Royce banalisée (une Vanden Plas 4 litres R, comble du chic pour les initiés, qui cachait le moteur et la sellerie de la Silver Shadow sous une caisse passe-partout du genre Peugeot 403), Henri me fixa dans son rétroviseur, réfléchit le temps d'un feu rouge, puis laissa tomber de sa belle voix grave et creusée :

– L'avantage d'un écrivain par rapport à un peintre, c'est que son matériel ne lui coûte rien. L'inconvénient, c'est qu'un galeriste prend sur les ventes cinquante pour cent, alors que ton éditeur ne t'en laissera que dix. Tu persistes ?

Les coudes sur la tablette en ronce de noyer fixée à l'arrière de son dossier, je fis oui de la tête. C'était trop tard pour reculer : j'avais déjà écrit cinquante-huit pages, et de toute façon j'étais nul en dessin.

– Alors, enchaîna-t-il, tu dois passer à la télé. Je te prête une cravate.

Rien ne m'étonnait, chez lui. Dix jours plus tôt, il m'avait présenté la princesse Grace comme on présente une voisine.

Arrivés chez lui, il m'emmena dans son dressing, choisit une cravate bleue à palmiers jaunes peinte par Utrillo, la glissa dans le col de ma chemisette à carreaux Monoprix, m'apprit à faire le nœud. Puis on redescendit dans son immense salon transformé en studio de cinéma, où il m'installa sur fond de Renoir avant de se glisser derrière une caméra. Sidéré, je me vis apparaître en face, sur l'écran du téléviseur. Henri, passionné de nouveautés, avait rapporté d'un vernissage à New York l'un des tout premiers magnétoscopes, et se mit à m'interroger sur mon œuvre en imitant Jacques Chancel.

– Devine ce que nous avons fait, ton fils et moi, claironna-t-il le soir en me ramenant dans ton cabinet du Vieux Nice.

Je ne dirais pas que tu étais jaloux d'Henri, mais enfin, les mois suivants, tu te mis en quatre pour te procurer à ton tour un magnétoscope, ce qui était d'autant plus méritoire que maman refusait qu'on ait la télé à la maison, de peur que je ne m'abrutisse. J'allais donc m'abrutir chez ses parents, devant le Continental Edison qui faillit imploser le jour où tu lui branchas, emmêlé dans vingt mètres de câbles et de rallonges, l'énorme complexe vidéo que l'ambassadeur Guerrero t'avait expédié par la valise diplomatique, et qui ne marcha jamais.

Ton beau-père adorait tes fantaisies techniques qui mettaient son appartement sens dessus dessous : il enfilait sa blouse bleue de bricoleur, souvenir du temps où il maniait le plomb dans les sous-sols de *Nice-Matin*, et, les bras croisés sur sa chaise, te regardait trimer au milieu de tes branchements. Pour Papé, ton chantier électronique était plus distrayant que les programmes de sa télé. Mamé, elle, maniaque de la propreté (elle briquait toujours l'appartement avant l'arrivée de la femme de ménage, pour « qu'on n'aille pas dire »), en perdait le sommeil. Et leur poste rendit l'âme.

Le jour où tu réussis, un an plus tard, le double exploit d'imposer à ta femme une télé dans son salon (sous le prétexte qu'on diffusait tous les jeudis *Les Rois maudits* qui allaient me donner le goût de l'histoire de France) et d'obtenir, après quinze jours de réglage, notre image vidéo sur l'écran, tu invitas Henri pour qu'il admire la parodie de Léon Zitrone interviewant Chaban-Delmas que nous avions réalisée tous les deux.

Henri visionna, dit que c'était sympathique, mais il rentrait de Tokyo où il venait d'échanger un dessin de Dufy contre l'un des premiers ordinateurs à usage domestique, la princesse Grace en était restée comme deux ronds de flan, et il avait hâte de nous montrer combien la vidéo était déjà dépassée par ce qu'il appelait fièrement son *computer.*

– Il est gentil, ton parrain, ronchonnais-tu à l'époque, mais enfin méfie-toi : il est un peu snob.

Et tu ajoutais cette phrase admirable :

– Il n'y a pas que les princesses et les Dufy, dans la vie !

Je ne disais pas le contraire. J'aimais toujours autant faire avec toi du canot pneumatique et des concours de boules, les seuls sports qui t'étaient encore permis dans l'état où tu étais. Mais enfin, les princesses et les Dufy, ce n'était pas mal non plus.

Un soir, à table, tu étais en train de raconter une anecdote qui te faisait pouffer de rire entre deux raviolis, lorsque mon pain tomba par terre. En le ramassant, je découvris sous la table que ta jambe droite, en pleine crise de tétanie, s'était enroulée autour de la gauche, et tu cognais dessus avec ton poing fermé pour tenter d'enrayer la douleur. Je remontai à la surface avec mon morceau de pain. Au-dessus de la nappe, tu continuais à jouer le jeu, à mettre en scène Henri, compassé dans son smoking, aux prises avec le plombier qui vidait sa fosse septique. J'avais devant moi le Dr Jekyll se régalant de raviolis, et Mr Hyde sous la table. Je ne pus retenir mes larmes, et fonçai dans ma chambre.

Tu m'y rejoignis quelques minutes plus tard, entre tes cannes anglaises. Tu me regardas pleurer, de dos, les coudes sur mon bureau, face à mon Dufy. Je sentis ta main sur mon épaule, ton baiser dans mes cheveux. On était à quelques jours de ton départ pour la Savoie, où t'attendait l'opération de la dernière chance. Prestement, je refermai le cahier de mon roman en cours, qui était resté ouvert à la page de garde où s'étalait en minuscules, au-dessus du titre : *A la mémoire de mon père*.

Je levai les yeux vers toi. Tu détournas ton regard, fixas la signature de Raoul Dufy que surmontait sa dédicace à la femme d'Henri. Ta voix un peu nouée murmura sur un ton dynamique :

– Ne t'inquiète pas, mon grand, il ne m'arrivera rien. Mais je te l'ai choisi comme parrain parce que, si je meurs, il te comprendra.

Sous-entendu : il respecterait ma vocation et me laisserait tenter ma chance.

Il ne t'est rien arrivé cette fois-là, c'est Henri qui est parti quinze ans avant toi, mais on avait eu le temps de se comprendre. On se voyait de loin en loin, depuis que je vivais à Paris. Dans les théâtres où l'on jouait mes pièces, il envoyait des têtes couronnées, des veuves de peintres et des imprésarios anglais un brin gâteux qui me promettaient la lune. Tu râlais encore un peu contre lui, l'accusant de se sentir beaucoup plus mon parrain depuis que j'étais connu. Il te répliquait que ce n'était pas sa faute si tu étais toujours vivant :

face à un orphelin de neuf ans, il aurait pu donner toute sa mesure. Là, il se contentait d'acheter à prix d'or les éditions originales de mes romans, pour faire grimper ma cote.

Après dix ans d'un viager dont les rentes avaient absorbé presque intégralement ta retraite d'avocat, vous veniez d'emménager tout près de lui, à Villefranche-sur-Mer, lorsqu'il succomba à son cancer des fines herbes.

Les jours qui suivirent ton décès, trois médiums à qui je ne demandais rien m'informèrent qu'un nommé Henri était venu te chercher. Que j'y croie ou non, j'aime le penser. Sous ma plume, en ce moment, je sens vos présences vibrer, s'affronter dans un match amical, se disputer mon attention, mes émotions et mes sourires, renchérir sans fin à coups de souvenirs communs et de détails oubliés pour m'épater, me faire parler, me distraire ou m'ouvrir les yeux…

Tu m'avais prévenu : tu avais deux projets, pour l'au-delà : la peinture et la physique quantique. Les deux domaines que tu n'avais pas eu le temps d'approfondir sur terre. Sans grandes illusions sur l'utilité du droit rural dans le monde des esprits, tu te cherchais une autre spécialité. Tu t'apprêtais à mourir pour apprendre. Servir à autre chose.

Quoi qu'il en soit, je t'imagine entouré d'une escouade de fêtards humanistes, de déconneurs impatients, d'hyperactifs comme toi partageant tes curiosités. Je suppose que tu as retrouvé tes copains, et qu'ensemble vous continuez à labourer vos sillons dans les nuages, à planter vos graines dans les rêves des vivants. J'aime bien me sentir hanté par ta bande de loustics, ces demi-dieux de mon enfance qui m'avaient apporté chacun l'une des pièces du puzzle que je voulais construire.

Il y eut Nicolaï, l'aîné de tes confrères, un extraordinaire vieillard bossu qui mesurait deux mètres de courbe, et plaidait contre l'URSSAF en mariant le paradoxe hégélien à l'imagerie sexuelle de Virgile. Une éternelle pipe coudée au coin des lèvres et les yeux plissés par un sourire de bouddha, il parlait couramment le latin, l'araméen, le grec ancien et l'argot de Michel Audiard. Dans son jardin de La Colle-sur-Loup, il s'était fait construire une sépulture avec l'inscription funéraire où ne manquait, à l'intérieur de la parenthèse, que la date de sa mort. Chaque week-end, entre l'apéritif et le barbecue, il emmenait ses invités se recueillir sur sa tombe. Lorsque le fumet de la grillade lui paraissait ad hoc, il déclarait à son buste en pierre surmontant la stèle : « Monsieur est servi », et nous passions à table.

Ce délicieux brindezingue, capable de rouler dans la farine n'importe quel juré d'assises, avait deux passions subsidiaires : les arbres et les stylos. Taillant les uns dans les branches des autres, il m'offrait chaque année deux ou trois de ses prototypes, me priant d'accepter, comme il aurait dit d'un légume frais du jour, ces « stylos de son jardin ».

– Vous verrez, cher Didier : il y a des romans qui demandent à être écrits au cerisier, d'autres au chêne liège, certains même au sapin, mais je ne sache pas que ce soit votre style.

Le gabarit excessif des stylos nicolaïens et les ravages qu'ils causaient à mes manuscrits, sous forme de pâtés, coulures d'encre et fuites de sève, m'obligeaient à les ranger dans un vase, pour ne les employer que lorsqu'il venait dîner à la maison.

– Alors, chère Paule, déclarait-il à ma mère en lui baisant la main, notre jeune homme a-t-il déjà gravi le mont de Vénus ?

– Mon Dieu…, éludait ma mère en essuyant ses mains pleines de farce ou de chapelure. Il n'a pas douze ans.

– Le temps ne fait rien à la bourre, chère amie.

Et, tandis qu'elle regagnait vivement ses fourneaux, il se tournait vers moi pour m'offrir une nouvelle branche à écrire :

– Sachez, mon garçon, que le plus difficile est toujours d'amener la personne à pénétrer avec vous dans un lieu clos.

Ce à quoi je répondais, caméléon, sur le même ton d'élégance boulevardière :

– Non, le plus dur, c'est de l'en faire sortir après.

– Félicitations, mon vieux, la succession se profile, te disait-il avec une bourrade, et tu rosissais de fierté.

Il y eut Pierre Joselet, autre avocat fumeur de pipe à l'intelligence aiguë, le plus proche sans doute de ton caractère par ses dons artistiques et son humour ravageur. Quand vous n'organisiez pas des fêtes masquées dans vos maisons du haut Var, vous écriviez les sketches désopilants de la Revue du Palais, où, tandis que les deux Paule, sa femme et la tienne, assuraient chorégraphie et intendance, vous cabotiniez avec un talent communicatif qui faisait toujours salle comble. Et quand vous ne brûliez pas les planches, vous réchauffiez de vos éclats de rire les marbres de la salle des Pas perdus, à coups d'histoires surréalistes et de canulars à longue portée. Physiquement, Pierre se situait entre Errol Flynn et Clark Gable, vous pratiquiez parmi les corrompus locaux l'honnêteté intransigeante avec un charme de voyous, vos femmes étaient les plus belles et vous aviez plein d'ennemis. « Ils ne courront jamais aussi vite qu'on les emmerde », déclarait Pierre en citant son idole Jean-Louis Bory, le plus jeune de tous les prix Goncourt et le plus véhément des critiques cinéma, que nous suivions les yeux fermés.

Figure emblématique du socialisme niçois, ennemi juré de Jacques Médecin qui avait failli épouser ta femme, Pierre Joselet aurait dû être incompatible avec tes copains de droite, et c'était tout le contraire. C'était une autre époque. La seule question est de savoir si les hommes étaient plus intelligents, ou la politique moins bête. En tout cas l'humour, qui effaçait les crispations, aujourd'hui les exploite.

Il y eut tes amis du Lion's Club, les Duchâteau, Martin, Poletto et consorts, avec qui tu montais chaque année un spectacle de folie au profit des chiens d'aveugles. Une année, déguisé en grognard de l'Empire, tu lanças une tombola exceptionnelle pour qu'on puisse offrir un guide humain à un berger allemand qui était devenu aveugle. Les gens achetèrent les billets en se marrant, sans croire un instant à ton histoire, qui pourtant était vraie et sauva de l'euthanasie un vieux chien qui, pendant douze ans, avait offert son regard aux non-voyants avant de le perdre.

Il y eut, après ta retraite, tes compères Caponi et Calvi, avec qui tu allais défendre à Paris les intérêts de l'Association nationale des avocats honoraires. Vous étiez inséparables, mais ils avaient sommeil à vingt-deux heures, et tu pestais contre ces petites natures incapables de profiter jusqu'à l'aube des virées parisiennes en garçons.

Il y eut la jeune génération : tes copains de Savoie, François, Jean-Yves et les autres, une équipe de quadras menée par ton chirurgien Maestro, le partenaire de tes dernières renaissances ; il y eut Michelle, Luce, Sylvaine et toute la troupe de femmes qui te réquisitionnaient dans leurs pièces au Théâtre de la Semeuse, quand Gérard et Ginette ne te mobilisaient pas au conseil municipal, et puis tous ces petits-enfants de tes amis de jeunesse qui t'adoptaient immédiatement – souvent d'ailleurs tu t'entendais mieux avec eux qu'avec leurs aïeuls, parce que le temps passe et que les amis changent. Les vieux t'impatientaient. Les jeunes te prenaient pour l'un des leurs. A tes obsèques, ces enfants des autres constituaient une garde rapprochée dont les larmes me touchaient plus que tout. En marge de ta famille biologique, tu cumulas ainsi fréquemment les fonctions de père, grand-père, arrière-grand-père adopté. Et tant pis si tu forçais un peu la note parfois pour te sentir aimé : tu étais toujours sincère quand tu en faisais des tonnes. « Votre père savait tenir beaucoup de place », résuma ton vieux complice le député Pasquini, quelques semaines avant de partir te rejoindre.

Et puis il y eut Mgr Daumas. Le plus long combat d'amitié de ta vie. Je me souviens d'un grand homme décharné, assombri par l'injustice et l'opprobre jeté sur lui par ses pairs. Ayant aimé le premier livre que j'avais publié, il me demanda par ton intermédiaire de réécrire, « de manière moins abrupte et plus littéraire », la lettre qu'il destinait au pape Jean-Paul II. Du coup, je plongeai dans son dossier. Et je fus atterré.

Vous aviez été mobilisés ensemble en 1939, sur le front des Alpes. Dès l'armistice, il entra en résistance. Grâce à la « façade » de ton association sportive autorisée par Vichy, tu l'aidas à cacher et faire passer à l'étranger quantité de gens traqués par les SS et la Milice : des juifs, mais aussi des communistes… Dans les années d'après-guerre, les « accointances » de l'abbé Daumas avec des membres du PCF furent sévèrement jugées par le pouvoir ecclésiastique, et l'hostilité de l'évêque de Nice entraîna une vague de rapports accablants expédiés au Vatican. Rapports qui eurent pour effet de lui interdire à jamais la carrière épiscopale qui lui était promise.

Tu avais remué ciel et terre en 1943 pour le sauver des griffes de la Gestapo, deux ans plus tard il s'était précipité pour te sortir des geôles de l'épuration ; dès lors tu mis tout ton cœur de chrétien et ton talent d'avocat à tenter de le réhabiliter auprès de l'Eglise. Peine perdue. Tu obtins réparation pour lui sur le plan juridique, mais la sanction religieuse fut maintenue. Et notre lettre à Jean-Paul II, sur laquelle il fondait ses derniers espoirs, ne reçut pas de réponse.

Si l'Eglise catholique romaine crut inutile de laver Alfred Daumas du soupçon de cryptocommunisme, le mémorial Yad Vashem de Jérusalem lui décerna la médaille des Justes. Et la mairie de Nice donna son nom à une rue, en 1998. A l'origine de cette initiative, le président d'une association d'étudiants, Jean-Marc Giaume, qui vint te chercher pour appuyer sa démarche. Voir un jeune responsable universitaire, comme tu le fus, épouser ton combat pour la mémoire de ton copain diffamé a été l'une des dernières grandes joies de ta vie.

Mais le hasard n'avait pas dit son dernier mot. La parution de mes livres avait amené tes cousins flamands, dont tu ignorais tout, à se mettre en relation avec moi, et tu découvris, à plus de quatre-vingts ans, la famille qui t'avait toujours manqué, avec des hommes de ton style, des bosseurs bouillonnant d'énergie, bons vivants, gros mangeurs, pétris de droiture et d'humour. Grâce à Pieter et Yolande, tu devins l'ami de Mgr Jan van Cauwelaert, qui avait été le dernier évêque d'Inongo, au temps du Congo belge, et s'était taillé une réputation d'enfer chez les coloniaux en déclarant aux indigènes : « Nous sommes ici pour vous aider à vous passer de nous le plus vite possible. »

Et voilà que ce prélat remarquable, ce petit barbichu pétillant semblant tout droit sorti d'un album d'Hergé, tu découvris avec stupeur que le Vatican l'avait envoyé à Nice, dans les années 1960, pour enquêter sur la moralité de ton ami Daumas. Tu lui transmis alors tout le dossier, et il tomba des nues. Lui n'avait eu accès qu'aux lettres de dénonciation et aux sous-entendus de l'épiscopat niçois, soucieux de mettre sur la touche un libre-croyant d'une telle envergure.

– Quel dommage, cousin René, que je ne vous aie pas connu à l'époque. Je n'aurais pas rédigé le même rapport.

Mais Alfred Daumas était parti, le cœur brisé, avec sa médaille des Justes, son titre honorifique de monseigneur et son nom sur une plaque de rue. A titre posthume.

*

Un doute me saisit, à l'issue de ce tour d'horizon des copains inoubliables dont tu as peuplé ma jeunesse. Même Jean Anouilh, Félicien Marceau, Michel Déon, Antoine Blondin, Frédéric Dard, tes auteurs préférés dont tu ne connaissais que les œuvres, tu m'avais tant fait partager ton admiration pour eux que, plus tard, quand ils m'ont fait l'honneur de leur amitié, j'avais l'impression que tu m'avais précédé dans leur vie. Ai-je eu des amis, finalement, en dehors des tiens ? T'en ai-je *donné* ? Un seul, je crois.

J'avais rencontré Richard Caron à dix-sept ans. Juré d'un concours de scénarios pour France 3, il m'avait remis le deuxième prix au Festival du livre de Nice. Auteur de polars et de téléfilms innombrables, le cœur sur la main et le coude au comptoir, monarchiste fier de s'être ruiné en obtenant, après des années de procédure, que l'hectare de ronces recouvrant les vestiges de son château de famille soit classé inconstructible, évoquant physiquement l'Alec Guinness du *Pont de la rivière Kwaï* en version bonsaï, Richard avait aimé mon écriture, et j'avais l'âge de son fils qui venait de se noyer sous ses yeux. On ne s'est plus quittés.

Chaque fois que je venais à Paris faire le siège des éditeurs, il m'invitait au Bellmann, rue François-Ier, me promettant que l'addition serait pour moi le jour où je serais publié. Je ne gagnais encore que deux mille ou trois mille francs par an, grâce aux textes que je plaçais à France Culture, mais déjà il m'expliquait comment défiscaliser mes droits d'auteur pour descendre d'une tranche d'impôts, me conseillait de racheter la maison de Marcel Aymé dans la forêt de Rambouillet et me présentait son ami Francis Veber, pour qu'il adapte mes best-sellers qui n'étaient même pas imprimés.

Après le café, déjà passablement cuité, Richard s'achevait à la mirabelle, puis me donnait les clés de sa Fiat 850. J'allais le déposer devant sa porte à Sèvres, et je rentrais en métro. J'étais regonflé pour six mois, tellement il était sûr de mon destin. Vous étiez deux.

Pour cette raison sans doute, moi qui ai toujours été le plus grand cloisonneur que je connaisse, ne mélangeant mes amours, mes amis et ma famille qu'en cas d'extrême nécessité, j'ai voulu que tu connaisses Richard, au milieu des années quatre-vingt. J'en souris encore, mais ce ne fut peut-être pas d'emblée la meilleure idée de ma vie.

A cette époque, le succès de mes débuts me permettait d'imposer aux producteurs les collaborateurs que je souhaitais. Ça tombait bien : personne ne voulait plus de Richard Caron, qui avait été l'un des scénaristes les plus demandés de la télévision française, avant que le deuil et l'alcool ne fragilisent sa réputation de roi de la comédie.

Il avait tant cru en moi que je m'étais mis en danger, et de gaieté de cœur, pour qu'on lui redonne une chance. Nous étions donc en train d'écrire péniblement le début d'un film, lorsque tu débarquas dans ma maison, après avoir semé tes compères avocats honoraires en goguette à Paris.

Immédiatement, comme Richard était natif du Nord, tu insistas pour qu'il lise ton cahier bleu, afin d'avoir son « avis de professionnel » sur la série télé qu'on pouvait tirer des aventures de la grand-mère Hortense.

– Les personnages sont marrants, c'est vrai, expertisa Richard en pleine lucidité, car on était le 14 et il ne buvait que les jours impairs.

Tu attendais la suite, rayonnant. Pour toi l'affaire

était dans le sac : il saurait me convaincre de délaisser pour un temps mes fictions afin d'accomplir mon devoir d'arrière-petit-fils, et nous écririons tous les trois cette vibrante saga qui ferait exploser l'Audimat.

Richard alluma sa quarantième cigarette, et enchaîna :

– Mais le style, entre nous, ce n'est pas ton truc. Vaut mieux que tu continues à plaider.

C'est curieux comme, brutalement, tu pouvais cesser d'avoir de l'humour. Le dîner, arrosé de Badoit pour ne pas tenter Richard, fut lugubre. On fit un Scrabble, et tu perdis. Je me disais que la nuit remettrait l'ambiance d'aplomb.

Il n'y avait qu'une chambre d'ami, au-dessus du garage. Richard te libéra la moitié du placard, et tu t'installas dans le lit jumeau.

Le matin, je te vis traverser la pelouse à six heures et demi, l'air buté, renâcleur et de mauvais poil.

– Tu as bien dormi ? m'enquis-je en te servant le café.

– Epouvantable. Il faut vraiment que tu dises à ton copain d'arrêter de fumer, enfin, ce n'est pas possible ! Il m'a réveillé tous les quarts d'heure, tellement il tousse.

Tu avalas deux tartines, et tu allas te passer les nerfs en bricolant au garage. Richard fit son apparition vingt minutes plus tard, l'allure ronchonne et pâteuse dans son jogging kaki. Je risquai :

– Bien dormi ?

– Ecoute, dis à ton père de se faire opérer le palais : c'est intenable. Il ronfle comme une tronçonneuse ; j'ai passé mon temps à tousser pour qu'il s'arrête.

Ce fut votre seule nuit commune. Mais tu lui pardonnas sa franchise à propos du cahier bleu, et il t'invita parfois à déjeuner sans moi. Légèrement parano dès qu'il s'agissait de ses amis, Richard voulait t'avertir des complots que le milieu littéraire, d'après lui, ourdissait contre moi qui ne voulais pas le croire.

En vous rejoignant au pousse-café, un jour, je surpris un bout de conversation. Dans ton rôle préféré de coach dynamisant, tu l'exhortais à écrire enfin son vrai grand livre.

– C'est trop tard, reniflait mon copain dans sa prune. Je suis lucide.

– Et alors ? La lucidité, Richard, ça ne doit servir qu'à une chose : réagir !

– Et réagir à quoi ? De toute façon, dans pas long-temps, je serai mort.

– On est tous mortels : ce n'est pas une raison pour s'enterrer vivant !

– Je te dis que c'est foutu, René, je n'écrirai plus rien. Je suis une épave.

Alors je te vis poser une main vigoureuse sur l'épaule tombante du seul écrivain qui m'ait aidé lors-que je n'étais rien. Et, en phénix récidiviste habitué à renaître de ses cendres, tu lui donnas ce conseil de rigueur à défaut de sagesse :

– Sois une épave *ascendante*.

Il t'écouta. L'emphysème l'emporta un an plus tard, un verre à la main et le stylo dans l'autre.

*

Quelques mois avant ta mort, alors que tu te trouvais, sans qu'on puisse accuser l'alcool, dans l'état de neu-rasthénie lucide que tu avais jadis reproché à Richard, je te fis connaître mes amis les plus récents, Jean-

François et Jean-Paul, tous deux avocats. L'arrêt rendu contre toi par le tribunal savoyard t'avait envoyé au tapis ; ils t'aidèrent à te relever, ils furent tes dernières béquilles. Après avoir épluché le dossier, ils te donnèrent raison sur tous les points de droit.

– Je ne suis pas gâteux, alors ? me dis-tu à l'issue de la rencontre, les yeux humides et l'air égaré.

Au soir de ta vie, ces deux jeunes confrères, l'un plutôt à droite, l'autre résolument de gauche, prenaient la relève de tes amis défunts pour adoucir un peu ton ultime défaite.

Combien de femmes ont compté dans ta vie, à part tes deux épouses ? Le hasard nous ayant mis un jour en présence d'une ancienne danseuse à permanente bleutée que, visiblement, tu avais profondément marquée dans une relation d'avant-guerre, tu me déclaras, après t'être montré charmant avec elle :

– C'est fou de n'avoir aucun souvenir d'une femme à qui on a fait l'amour.

J'avais dix-sept ans, je manquais de recul, mais ce genre d'amnésie me paraissait aberrant. Avais-tu occulté les épisodes précédents par fidélité rétroactive ? Tu n'abordas jamais plus ce terrain avec moi. Pour ne pas avoir l'air d'aller à la pêche aux confidences, je ne te parlais pas non plus de mes histoires de cœur. Ça faisait beaucoup de silence – du moins cette impression de se comprendre à mots couverts qui débouche souvent sur d'inextricables malentendus.

Un jour, à l'issue d'un tournoi de tennis, tu fis longuement mon article à une jeune championne régionale que je t'avais emmené soutenir, avant de comprendre, par son attitude envers moi, qu'il s'agissait d'une ex qui m'avait balancé. Tu ronchonnas ensuite dans la voiture, légèrement crispé :

– C'est bien que tu aies un jardin secret, mais parfois ça serait sympa de me donner les clés.

Je le fis quelques semaines plus tard, et ce fut un désastre.

Elle s'appelait Sylvie, elle était interne dans mon lycée. Blonde, grande et myope, elle marchait sur un nuage et se cognait partout. Sa distraction, sa solitude épanouie et la longueur de ses silences lui valaient une réputation de cérébrale. Alors, pour la draguer, j'avais écrit une pièce de théâtre à deux personnages. Elle et moi. Comme la salle de répétition du lycée était en travaux de réfection, elle avait accepté un week-end de travail dans une petite auberge de campagne.

J'avais eu le tort d'évoquer ce projet devant ma mère : immédiatement le dîner se changea en cellule de crise. J'étais mineur et, pour elle, emmener une fille à l'hôtel semblait signifier l'obligation d'assumer une paternité en cas de problème. Le lendemain, au petit déjeuner, la solution était trouvée :

– Pourquoi vous n'iriez pas plutôt à Bargemon ?

Bargemon, c'était la ferme en ruine dans le haut Var que nous étions en train de retaper. Et, dans la bouche de ma mère, le « vous » englobait trois personnes.

Ni le train ni le car ne desservant ce village perdu, j'emmenai donc Sylvie en week-end de travail avec un chaperon camouflé en chauffeur.

– Tu l'aimes ? me demandas-tu en regardant ma blonde éthérée franchir les grilles de l'internat d'un pas léger, robe de dentelle au vent et panier d'osier à l'épaule, d'où dépassait *La Tentation totalitaire* de Jean-François Revel.

– Je crois.

– D'accord.

189

Il y avait dans ce mot l'écho d'une résolution à laquelle je ne pris pas garde, sur l'instant, occupé à descendre de voiture pour accueillir Sylvie.

– Son père, dis-tu sobrement en lui tendant la main.

Je te vis détailler sa beauté avec une froideur pensive, à mille lieues de ton caractère, et dont je me sentis flatté. Apparemment, tu m'imaginais davantage attiré par les sportives sympas que par les intellectuelles de rêve. Et le franc sourire qui succéda à ton examen critique endormit chez moi toute méfiance. Le réveil serait rude.

Tu conduisais cette année-là une Opel Manta bleu roi que je t'avais choisie sur catalogue, un très joli coupé fuselé qui chassait de l'arrière dans les lacets de Provence. Main dans la main sur la banquette, Sylvie et moi luttions contre la nausée dans le chant des cigales et la fumée de ton cigarillo. Coude à la portière, tu massacrais à tue-tête *Je lui fais pouêt-pouêt* et *La Chanson de la femme à barbe*, refrains d'un glamour achevé que tu étais en train de travailler pour ton spectacle du Lion's Club, consacré cette saison-là aux Années folles.

Au détour d'une pinède, tu devins silencieux. Nous longions un ravin. C'est là que tu t'étais endormi au volant d'une Peugeot 403, quelques semaines après ma naissance, alors que tu roulais vers Bargemon pour nous retrouver. Sortie de route, retournement, tonneaux. Si tu n'avais pas eu le réflexe de couper le contact, la voiture aurait probablement explosé. Et le schéma de ton enfance se serait reproduit : j'aurais grandi entre une mère brisée de chagrin et une grand-mère rompue aux veuvages.

Dans un effort appuyé pour alourdir l'atmosphère,

190

tu décrivais à mon amoureuse le Didier paumé que je serais alors devenu, l'orphelin triste à l'imaginaire entravé par la solitude. Tu te mettais dans ma peau, tu superposais ton enfance à la mienne pour ressusciter cet adolescent à la dérive qui ne s'évadait que par le sport, les voitures à lucioles et les postes à galène.

Sylvie avait lâché ma main. Noyé dans ton ombre, j'avais cessé d'exister. C'était d'autant plus salaud de ta part que pour séduire une fille, à l'époque, je devais ramer longtemps, et à contre-courant. Depuis ma puberté, chaque printemps, j'étais défiguré. Pityriasis versicolore, ça s'appelait. Une maladie de peau incurable, une dépigmentation d'origine nerveuse qui, dès que le soleil augmentait l'intensité de ses UV, couvrait mon visage de larges taches blanches sur fond rouge. Une vraie tête de pizza, comme tu disais pour dédramatiser.

Si je voulais rester monochrome, j'avais le choix entre l'écran total ou le rose à joues. Une face plâtrée de blanc façon vampire, ou un maquillage de travelo couperosé. J'avais testé les deux. Finalement j'avais choisi de rester nature, et, pour dissiper la gêne autour de moi, tu me surnommais Marguerite. Tomate-mozzarella.

Cela dit, que ce soit la thérapie par l'humour à laquelle tu me soumettais, ou simplement le fait d'être amoureux, je me foutais de mes taches solaires. Mieux : j'en tirais gloire. C'était un problème psychosomatique causé par le stress, l'angoisse de la page blanche, le choix de la solitude et la difficulté. Un signe extérieur d'écriture. Une blessure de guerre. Une tenue de combat.

Curieusement, d'ailleurs, cette disgrâce physique commença de m'affecter moralement le jour où elle disparut. Une dermato inspirée m'avait conseillé de tenter le tout pour le tout : prendre des cachets d'un médicament surpuissant pour modifier la sensibilité de ma peau, et m'exposer une heure en plein soleil sans protection. J'en sortis le visage brûlé vif, mais définitivement repigmenté. On se mit à me trouver beau. Comme les anciens gros, je le vécus mal. Perte de repères, de singularité, de confiance en l'autre. Saut dans le vide. Même la réaction de Sylvie m'insupporta. J'eus l'impression que je commençais brusquement à lui plaire. Qu'elle s'était forcée jusqu'à présent. Quand je regardais en arrière, il n'y avait plus qu'hypocrisie, concessions, charité. La nuit où elle m'offrit enfin son corps, je refusai et on se quitta.

Pour l'heure, nous roulions vers notre premier week-end, après une minute de silence à la mémoire de ce père que j'avais failli ne pas connaître, et qui enchaînait gaiement les épingles à cheveux en fredonnant à nouveau la déchirante complainte de Marcelle Bordas : « *On a d'la barbe, mais d'la pudeur ! / J'suis une femme et pas un sapeur.* »

Arrivés à Bargemon, Sylvie eut droit à la visite guidée. Tu lui montras depuis la route le vieux mas où tu t'étais lancé dans l'agriculture du dimanche, et que tu avais dû vendre à cause de ton arthrose. En contrebas, derrière un champ de mille pommiers morts, le restant de ferme en ruine que nous restaurions de temps en temps. Juste en face, le château des comtes de Villeneuve, la famille de l'amiral vaincu à Trafalgar, devenu un home d'enfants dirigé par ton ami Hassein Khayati – allez, on va lui dire bonjour. Mais il n'est pas là, il est aux Héliades, la maison de retraite médicalisée qu'il a fait construire à côté pour se diversifier, alors tu nous y emmènes. Et nous voilà dans les bras d'Hassein, ton copain tunisien dont j'adore la gentillesse truculente, mais pas vraiment dans ce contexte.

J'avais rêvé d'un souper aux chandelles avec Sylvie ; notre premier dîner en tête à tête se déroula sous les néons d'un réfectoire, parmi les déambulateurs et les dentiers. Aux petits soins pour celle qu'il appelait ma fiancée, Hassein lui demanda ce qu'elle voulait faire comme métier. Elle eut le tort de répondre infirmière, et elle se retrouva en travaux pratiques avec la piqûre d'insuline de Mme Audibert.

On prit congé après la compote. La pleine lune diffusait une lumière de loup-garou entre les troncs des pommiers morts. Hululements, ballet silencieux des chauves-souris. Les ongles de Sylvie enfoncés dans ma paume, on marchait dans les ornières en direction des « ruines » : la moitié de ferme où tu dormirais, décidas-tu sur un ton de discrétion appuyée, et la maison de garde-barrière que tu nous destinais, contre toute attente, au mépris de la courtoisie la plus élémentaire envers mon invitée. C'était une minuscule masure en trompe-l'œil, rose fané, construite lors de la création des Chemins de fer de Provence et abandonnée depuis la suppression de la ligne. Ni eau ni électricité. Côté charme, la chambre de nos éventuelles turpitudes était meublée de trois lits-cages en fer blancs fournis par Hassein, modèle orphelinat.

Légèrement en rogne, j'allai chercher les bagages dans le coffre. Une autre bonne surprise m'attendait : tu avais emporté une Thermos de café qui, mal bouchée, s'était répandue sur ma pièce à deux person-

193

nages. Adieu le prétexte, adieu le partage de l'émotion artistique sur lequel je comptais pour devenir l'amant de Sylvie.

Quand je revins, tu lui faisais faire le tour du propriétaire en soulignant, avec des gestes élégants de la lampe à pétrole, l'avantage des araignées géantes embusquées dans leurs toiles épaisses comme des hamacs :

– Au moins, vous n'aurez pas de moustiques.

Si tu étais en service commandé pour nous casser notre coup, ma mère pouvait être fière de toi.

Enfin tu pris congé. On attendit que la lueur de ta torche ait disparu derrière le platane de la cour. Je pris Sylvie dans mes bras. Elle me dit :

– Il est génial.

Je répondis merci, d'un ton neutre. Et elle me fit parler de toi pendant une heure. Son père à elle était sympa, receveur des Postes, mais ça n'avait rien à voir avec cet allumé hypersensible, ce feu d'artifice bouleversant que j'avais la chance d'avoir à mes côtés. Je nuançai, d'une moue virile, en commençant à la caresser. Elle préférait qu'on parle. En fait, comme elle me le confia avec un naturel parfaitement déstabilisant, elle était vierge et tu tombais à pic. Elle se connaissait : elle aurait fini par me céder pour me faire plaisir, mais là, avec toi dans la maison voisine, ce n'était pas possible, si jamais tu revenais…

J'argumentai :

– Mais non, il ne reviendra pas. Tu peux lui faire confiance.

En écho à ma calme assurance, on entendit frapper.

– Toc, toc ! lanças-tu, comme si on avait eu besoin de sous-titres.

194

Et tu entras pour nous avertir que tu nous déposais une bouteille de Vittel dans un seau à glace. Au pied de l'escalier, tu t'enquis :

– Vous avez tout ce qu'il vous faut ? Dentifrice, boules Quies, préservatifs ? Allez, bonne nuit.

La porte d'entrée se referma. Je comptai mentalement jusqu'à douze. Les pas s'étaient éloignés dans les craquements de brindilles. Re-tentative de caresses, et nouveau flop.

– Pourquoi boules Quies ? s'inquiétait Sylvie.

Je répondis : « Pour rien », mais je m'attendais au pire.

– Dis donc, il est déjà minuit. Ça ne t'ennuie pas si on est sages ?

Je répliquai : « Au contraire », sur un ton roboratif que j'espérais de nature à la déconcerter. Elle poussa un soupir de soulagement, me dit que j'étais cool et qu'on pouvait dormir ensemble, en tout bien tout honneur. J'acquiesçai, l'air serein, fiable et tout. On entreprit de démonter les barreaux de deux lits accolés pour nous faire un king-size, et on se coucha dans les bras l'un de l'autre. Je misais sur la confiance, la tendresse et l'endormissement pour arriver à mes fins, avec naturel et délicatesse, lorsqu'un bruit nous fit tressaillir. Une sorte de clapotis ponctué de chocs métalliques.

– C'est quoi, Didier ?

– C'est rien. Les conduites qui se dilatent.

– Mais y a pas l'eau courante, si ?

– Non. Tout va bien. Dors.

Par la fente des persiennes, le faisceau de ta lampe de poche continuait de balayer la nuit. Tu effectuais ta ronde. Le bruit cessa, reprit, puis fut couvert par une galopade au-dessus de nos têtes.

– Ça, ce sont les loirs, diagnostiquai-je.

– OK. Tu me passes les boules Quies ?

Un instant de silence. J'ai pensé aux capotes, mais pas aux boules Quies. Je lui en fais l'aveu, penaud. Elle me sourit, touchée de ma franchise, et commence à répondre à mes caresses en me disant qu'après tout, au point où on en est, ça ne remplace pas mais ça console.

C'est alors que la porte d'entrée se rouvre avec fracas.

– Ce n'est rien, c'est moi ! lances-tu d'une voix angoissée.

Elle me sort de sa bouche pour te demander s'il y a un problème.

– Non, non, tout va bien, réponds-tu avec une absence totale de conviction. Je cherchais mes clés de voiture dans l'herbe, j'ai entendu un bruit… Et merde. Ne descendez pas, surtout.

Elle remet son tee-shirt et moi mon slip, et on attend, statufiés, aux deux extrémités du lit, tandis que résonnent le fameux clapotis et ses heurts métalliques.

– La pauvre, soupires-tu.

– Qu'est-ce qui se passe ?

– C'est le seau à glace, j'aurais dû me méfier, quel con ! Elle est tombée dedans et elle s'est noyée.

– Qui ça ? crie Sylvie.

– La souris.

Un silence épais s'installe, entrecoupé de sifflements bizarres.

– Papa.

– Oui ?

– Ne me dis pas que t'es en train de lui faire le bouche-à-bouche.

196

L'exaspération doit percer dans ma voix. Après t'être raclé la gorge, tu annonces que tu vas l'enterrer, et tu nous souhaites une bonne nuit pour la troisième fois.

La porte refermée, je laisse passer une minute de transition avant de lancer d'un air dégagé :

– Où en étions-nous ?

Un couinement me répond. Le nez dans l'oreiller, secouée par le fou rire, Sylvie hoquette que, dans l'état où elle est, il vaut mieux qu'on s'abstienne si je ne veux pas que ça tourne au hachis parmentier.

On finit par s'endormir sous le galop des loirs, fesses contre fesses, les doigts enfoncés dans nos oreilles. A sept heures du matin, une sonnerie militaire nous réveille.

– Tata-rata, tara-ta, tara-ta ! claironnes-tu sous notre fenêtre, les poings repliés devant ta bouche. Debout là-dedans, j'apporte les croissants !

On s'habille, on descend comme des zombis. Tu pètes le feu, engoncé dans ton vieux survêtement vert pomme ; tu t'es levé à cinq heures pour monter une cloison dans la cave.

– Dites merci à Hassein, ils sont tout chauds.

Moitié navré, moitié mutin, le grand vizir de la maison de retraite agite la main. On le remercie. Les croissants ont l'air de gants de toilette usagés.

– Ils sont un peu tombés dans le plâtre, mais je les ai rincés, nous rassures-tu. Allez, dépêchons, faut qu'on emmène Sylvie à Canjuers.

Je n'en vois pas l'urgence, mais toi si, apparemment. Tandis qu'elle gagne l'unique salle d'eau aménagée dans ta moitié de ferme, tu me clignes de l'œil, avec un coup de menton censé probablement m'interroger sur mes prouesses nocturnes. J'y réponds par une crispation des mâchoires. Satisfait, tu engloutis ton croissant.

Et la journée commence, telle que tu l'as décidée, par une incursion romantique dans le camp militaire de Canjuers, plateau désertique où manœuvrent des chars d'assaut entre deux coups de canon visant la mer. Pique-nique dans les décombres d'un village exproprié par l'armée, au milieu des douilles et des impacts de grenades. Tu caresses une couleuvre, tu nous racontes l'histoire de celle que tu avais apprivoisée, quand tu construisais ton fort dans les Alpes. Du coup, Sylvie a droit à ta guerre. Elle boit tes paroles, j'essaie d'abréger, elle m'envoie cueillir des mûres. L'après-midi, tu nous emmènes maçonner la cave, avant de nous proposer une baignade-surprise dans un coin de rivière sauvage que t'a conseillé Hassein. Glacée, l'eau est de surcroît rouge et mauve, grâce à l'usine de fruits confits située en amont.

Le soir, à peine Sylvie déposée à l'internat, je me tourne vers toi dans la voiture, sans cacher ma fureur. Il te suffit de trois phrases pour me donner l'explication de ce week-end catastrophe.

– En tout cas, elle a de l'humour. Elle, au moins, elle ne te fera pas souffrir. Je l'ai testée : tu peux me faire confiance.

Je n'ai pas répondu. La dernière fois que tu m'avais vu amoureux, j'étais en perdition totale. Cheyenne, l'hôtesse de l'air qui m'avait donné des ailes à douze ans, avait provoqué un crash de jalousie qui m'avait rendu malade pendant des mois. Je ne disais rien, je donnais le change en famille, mais tu avais peut-être ouvert la trousse de voyage Air France que je conservais comme un saint sacrement, renfermant la fiole de parfum et le Photomaton que j'avais dérobés chez elle. Ou, pire, tu étais tombé sans me le dire sur le roman fond-du-gouffre que j'avais tiré de ma fugue parisienne, et que je mettrais vingt ans à réécrire avant de le publier.

Quoi qu'il en soit, tu te méfiais de ma sensibilité, que tu pensais calquée sur la tienne. Tu me voyais déjà suicidaire, insomniaque, ne mangeant plus que des endives et me grillant la santé à coups de Lucky Strike. Tu ne voulais pas qu'à nouveau une femme me mette en danger. Et dans ton esprit, plus elle était belle, plus le danger serait grand.

Mais il ne vint pas de Sylvie. La rescapée des croissants de plâtre et de la baignade aux fruits confits, qui raconta à tout le dortoir des filles ce qu'elle appelait « la Nuit des loirs vivants », ne me laissa que le goût doux-amer d'un amour en solitaire, et le souvenir d'une telle harmonie que souffrir par elle faisait partie de son charme.

Non, c'est une autre qui, l'année suivante, me brisa le cœur. Béatrice. Tu ne la rencontras qu'une fois, je pense, le jour où tu m'achetas une mobylette dans le magasin de son frère. Pendant les révisions du bac, elle tomba enceinte. Elle voulait garder l'enfant – moi non, sans doute, je ne sais pas, il fallait d'abord que j'annonce la nouvelle, que je trouve les mots, la manière et le moment. J'imaginais ta réaction. Je te voyais déjà te masser la nuque en marmonnant : « Bon, comment on va présenter ça à ta mère ? »

Il n'y eut rien à présenter. Au début du troisième mois, elle mourut dans un accident de moto. Alors que je venais juste de réussir à formuler la situation, à l'oreille d'un curé inconnu, dans un confessionnal à l'autre bout de la ville. Pour m'entraîner. Tester les phrases. Comme une répétition, un bac blanc.

– Prions pour que Dieu arrange les choses, avait soupiré le curé.

Non, je n'avais pas prié. Pas pour qu'Il les arrange comme ça. Je suis allé aux obsèques en mobylette, un vendredi. Personne ne sut que j'enterrais aussi mon enfant éventuel.

Il y avait peu de monde autour de la sépulture. De la famille et des vieux. Quand on meurt en vie active à dix-huit ans, sans profs ni camarades de classe, la moyenne d'âge retombe. Apparemment, nous n'étions que deux lycéens à avoir séché les cours. On se rapprocha, pour faire nombre.

– Je suis du Parc-Impérial, dit-il, et toi ?

– D'Estienne-d'Orves.

C'était un grand maigre un peu voûté, l'air accablé. Après l'inhumation, il m'entraîna à part, et me demanda sur un ton de fin du monde comment je connaissais Béa.

– Je lui ai acheté une mob. Et toi ?

Il enfonça d'un coup les mains dans ses poches et répondit :

– J'attendais un enfant d'elle.

Je n'ai pas réagi. A quoi aurait servi de répondre : « Moi aussi » ? Qu'importait à présent le mensonge ou la réalité ? Qu'elle nous ait fait la même annonce par précaution, pour comparer nos réactions, ou alors dans le doute, par honnêteté, je ne voyais pas ce que ma franchise aurait apporté à la situation. Autant faire deuil à part.

En dehors d'un confessionnal, je n'ai jamais parlé de Béatrice à personne. J'ignore comment tu as su. Après avoir lu *L'Education d'une fée*, en 2000, tu m'as posé une main sur l'épaule en disant simplement :

– C'est bien que tu l'aies mise dans un roman.

Je suis resté coi. Tu as enchaîné :

– Et c'est peut-être mieux que tu ne nous aies rien dit, à l'époque. J'aurais fait comme toi.

Très vite, tu es passé à autre chose, et nous ne sommes jamais revenus sur le sujet. Béatrice t'avait-elle parlé, ou bien son frère, le marchand de cycles ? A moins que ton instinct de lecteur, habitué à décrypter mon imaginaire, ait flairé l'autobiographie au cœur de la fiction. Je pense que c'est la réponse – du moins c'est celle qui nous ressemble le plus. Ton extrême pudeur et mon besoin de silence, couverts par nos réputations d'extravertis, créaient entre nous ces connivences d'une étanchéité parfaite, ce respect mutuel et cette part de mystère que chacun tenait à préserver chez l'autre. Nul ne pouvait nous percer à jour contre notre gré, violer nos secrets, craquer nos codes. Et ça continue. Les messages posthumes que tu es censé m'adresser par le truchement des médiums perpétuent, en tout cas, ton goût de l'encodage. *Depuis Modi, sa peinture crée un ascenseur entre elle et nous*, ou bien *J'attends que THK décide ce qu'il veut faire, ensuite je pourrai l'aider* – ces phrases n'ont de sens que pour moi et les personnes concernées.

Là encore, ces manifestations qui semblent signer la survie de ta conscience ne constituent pas pour moi un faisceau de preuves, simplement l'intime conviction que *quelque chose émane toujours* de l'homme que tu as été. Quelque chose d'essentiel.

Tu ne me manques presque jamais, papa. Je te parle plus que je ne t'entends, mais depuis ta mort j'ai l'impression de vivre double. Je souffre évidemment de n'avoir plus ton regard, ta voix, ton rire et ta main sur l'épaule au présent de l'indicatif, mais tu tiens toujours autant de place dans ma vie. Même si cette place, je le sens bien, commence à faire le vide autour de moi.

Ce livre où je viens te rechercher sans cesse, ce dialogue à une voix me coupe du monde, par plaisir et par nécessité, je ne regrette rien, mais je ne sais pas ce qu'il y aura derrière.

– La seule chose que je reproche à ton père, c'est de m'avoir infantilisée.

Nuançons. Il faut comprendre « infantilisée » au sens où tu disais « gâteux » : difficulté à se concentrer sur un dossier ou un problème technique. En fait, ta veuve te reproche d'avoir fait écran, par dévouement dictatorial, entre elle et les impôts, le fonctionnement de la télé, l'assurance maladie, les services après-vente et les caisses de retraite. La vraie vie, quoi. Elle se retrouve seule et sans prise dans une jungle de paperasses et modes d'emploi hermétiques, cernée d'appareils rétifs à leurs télécommandes, confrontée à des questions juridico-administratives qu'elle n'avait aucun mal à régler, autrefois. Avant toi. Avant que tu ne t'occupes de tout. Avant que tu ne prennes toute la place et qu'elle n'ait plus que sa cuisine comme espace vital.

Pourtant, tu étais le premier à le reconnaître, dès qu'on lui confiait les rênes d'une entreprise, c'était une énorme réussite. Marquée à chaque fois, hélas, par un arrêt brutal, un coup du sort qui la renvoyait à ses fourneaux. Ce fut d'abord, quand elle supervisait le ravitaillement de la flotte américaine dans la rade de

Villefranche, la mort soudaine de ses patrons, entraînant des querelles d'héritiers qui lui rendirent la tâche impossible. Puis, lorsqu'elle se lança dans l'horticulture, elle fut confrontée, après quelques années florissantes, aux fantaisies capillaires de son associé, un monsieur très gentil qui ressemblait à Alfred Hitchcock, et qui dépensait une fortune pour aller shampouiner en secret des prostituées à Marseille, confondant malheureusement les comptes de la société avec son argent de poche.

A chaque fois, elle se retrouvait forcée de claquer la porte, et tu la reprenais sous ton aile. De peur qu'elle ne dépérisse entre ses raviolis, ses confitures et ses viandes en sauce, tu la poussais toujours à travailler en dehors de la maison, mais de préférence avec toi. Ainsi, quand Mme Vandromme prit sa retraite, comme ton épouse était licenciée en droit, tu en fis ta secrétaire.

– Je me suis laissé étouffer, mais j'étais consentante, m'a-t-elle dit sur ta tombe. C'est peut-être dommage. Je pense que, sans lui, j'aurais fait une bonne avocate.

Je confirme. Un jour, de ton vivant, je l'ai vue à l'œuvre dans le registre où tu excellais. Une seule fois, devant moi, elle a tenu en ton absence ton rôle de défenseur, et elle a été, peut-être, meilleure que toi. Plus rusée, plus naturelle, plus perverse – en tout cas totalement adaptée à la situation et au profil des adversaires.

C'était au printemps 1977. Je grimpais le boulevard Grosso en direction du lycée D'Estienne-d'Orves. Le soleil se levait sur une journée qui s'annonçait radieuse. J'aurais tout donné pour passer l'après-midi avec Sylvie, au lieu de rester enfermé trois heures en cours de français-latin avec Mlle X. Longeant une cabine téléphonique, j'eus une inspiration soudaine. Avec une pièce de vingt centimes et des inflexions viriles, j'appelai le bureau des absences de la part de Mlle X, pour signaler qu'elle serait dans l'impossibilité d'assurer ses cours ce lundi après-midi. La surveillante générale me remercia de l'avoir prévenue, et me demanda :

– Vous êtes… ?

Je répondis oui, d'une voix entendue.

– Enchanté, monsieur. Ce n'est pas grave, au moins ?

– Non, non, elle est juste un peu malade.

– Très bien, monsieur, bonne journée, au plaisir.

Je raccrochai, émerveillé de la simplicité des choses. Excellent professeur, mais légèrement bassinante dès qu'il s'agissait de ses options politiques ou de sa vie privée, Mlle X nous citait constamment pendant ses cours celui qu'elle appelait « son compagnon », cet universitaire connu pour qui m'avait pris, dans ses points de suspension, la surveillante générale.

En arrivant au lycée, je vis le nom de mon professeur de lettres inscrit à la craie sur le tableau des absences. Après les cours du matin, j'emmenai Sylvie à la plage et nous passâmes un après-midi délicieux.

Le lendemain, je trouvai la classe en branle-bas de combat. On me raconta l'incroyable scandale : débarquant à quatorze heures dans une salle vide, Mlle X avait aussitôt foncé au bureau des absences, pour savoir qui s'était permis de déménager sans l'en informer sa première A1. Surprises, les surveillantes lui avaient répondu qu'elle était malade. La prof s'était crue insultée, le ton avait monté de part et d'autre et Mlle X, hystérique, avait retourné le lycée de fond en comble à la recherche de ses élèves.

Circonstance aggravante : le seul d'entre nous à ne pas être allé se prélasser sur la plage était le dernier de la classe, mon copain Yvan, un rustaud plein de bonne volonté mais assez susceptible, qui était resté à la bibliothèque pour tenter d'améliorer son niveau de français. Quand Mlle X le découvrit, elle lui demanda d'un ton agressif la raison de sa présence. Piqué au vif, il lui retourna la question. Elle en déduisit qu'il était l'auteur du crime, l'accusa devant témoins. Il se défendit en l'attaquant au nom des droits de l'homme et du délit de sale gueule. Elle en conclut qu'il s'agissait d'un attentat politique, et Yvan allait être déféré incessamment devant le conseil de discipline.

J'étais atterré. Dès que Mlle X débpula dans le couloir, je courus au-devant d'elle pour me dénoncer. Elle eut un haut-le-corps, me toisa en haussant les sourcils, puis sa bouche se décrispa :

– J'apprécie votre attitude, Didier, mais prendre à son compte un forfait pour couvrir l'un de ses camarades, ça ne fait pas partie des attributions d'un délégué de classe. Yvan assumera seul les conséquences de son acte.

Et elle entra dans la salle, où elle nous colla un contrôle-surprise. Les copies ramassées, elle fila avant que j'aie pu développer ma confession.

Hésitant à la suivre aux toilettes, j'allai toquer aux bureaux de la direction pour présenter mes aveux. La chef d'établissement me reçut, et le ciel lui tomba sur la tête. J'étais un personnage considérable, à l'époque. Elu délégué des élèves au conseil d'administration, présenté au concours général de français, fondateur des

Compagnons d'Estienne-d'Orves, la troupe qui s'apprêtait à jouer *Huis clos* de Jean-Paul Sartre au Centre dramatique national de Nice, je n'avais absolument pas le profil de mon acte. Femme d'intelligence sans concession et de synthèse rapide, la directrice n'y alla pas par quatre chemins : mon appel au bureau des absences ne pouvait s'expliquer que par un accès de démence soudaine, ou l'appartenance à un groupuscule extrémiste ayant dans le collimateur Mlle X, en tant que militante syndicale. C'est ainsi que mon canular était devenu malgré moi un complot.

J'exposai la situation à la maison, le soir même. Tu éclatas de rire. Maman, pas du tout. Elle décida qu'il fallait d'urgence préparer ma défense en vue du conseil de discipline, pour éviter que je sois renvoyé du lycée.

– Arrête, ils n'iront jamais jusque-là, c'est juste une blague. Pas drôle du tout, essayas-tu de me sermonner pour contenir en vain ton hilarité. Mais ils ne vont pas se couvrir de ridicule en le virant pour un canular. J'en ai fait des bien pires, à son âge. Moi, ma prof de lettres, je lui donnais des cours de spiritisme. Je lui faisais croire que Victor Hugo répondait à ses questions en soulevant le pied d'un guéridon. Sauf qu'un jour, l'armoire derrière elle s'est mise à avancer toute seule. Je n'y étais pour rien, mais elle a cru à une farce : elle a été la première à se marrer.

– Les temps ont changé, René.

Elle avait raison. Vous fûtes convoqués un lundi matin à sept heures quarante-cinq, dans le bureau de la directrice. On vous demanda de patienter. Assis au pilori dans des fauteuils en rotin, sous le regard inquisiteur de tous les profs qui arrivaient au lycée, on vous

207

laissa exposés une heure dans le grand hall d'honneur, là même où se trouve aujourd'hui une vitrine contenant mes livres, ma photo et une plaque avec mon nom surmontant mes dates (1975-1978).

Après soixante-cinq minutes de cette humiliation publique, ta femme te dit :

– Va-t'en.

– Comment ça ?

– C'est inadmissible de nous traiter ainsi. Tu as du travail, tu as des clients qui t'attendent, la plaisanterie a assez duré : maintenant tu pars.

Tu obéis, à contrecœur. Un quart d'heure plus tard, une pionne à talons aiguilles l'introduisait dans le bureau de la directrice. Poignée de main très fraîche, et dialogue rapporté par ma mère :

– Votre mari n'est pas venu ?

– Demandez à vos professeurs : tout le monde a eu le temps de l'observer comme au zoo.

– Désolée pour cette attente, j'avais des obligations.

– Lui aussi.

– Vous êtes au courant de la gravité des soupçons qui pèsent sur votre enfant ?

– Ce ne sont pas des soupçons : il vous a révélé spontanément sa culpabilité.

– Vous comprendrez, je pense, qu'une sanction est inévitable.

– Absolument. Où est mon fils ?

– En cours de français.

– Voyez-vous un inconvénient à ce que nous discutions de son cas devant lui, en présence de son professeur ?

– J'allais vous le proposer.

La pionne à talons aiguilles vint nous chercher au

milieu d'un corrigé de dissertation. Deux pas derrière Mlle X, je descendis l'escalier où ne manquaient plus que les roulements de tambour pour mon exécution.

– Qui aurait pu croire, venant de vous ? attaqua la directrice. Avec votre moyenne en français, vos responsabilités de délégué, votre engagement au club théâtre… Mais qu'est-ce qui vous est passé par la tête, Cauwelaert ?

J'expliquai que voilà, il faisait beau, l'idée m'avait amusé et j'avais été bien surpris que ça marche.

– Moi aussi, appuya ma mère. Permettez-moi de m'étonner qu'il soit si facile d'absenter l'un de vos professeurs.

– Ce ne sont pas les surveillantes du bureau des absences qui sont en cause, madame, mais celui qui a téléphoné en se réclamant de Mlle X !

– Et on ne vérifie pas ce genre d'appel ?

– Il faut croire que votre fils ajoute à sa duplicité un réel talent de faussaire.

– D'imitateur, vous voulez dire.

– Je me comprends.

– Libre à vous, madame le proviseur.

– « Madame la directrice », si vous n'y voyez pas d'inconvénient.

– Aucun. Ce qui me déconcerte un peu, en revanche, c'est que, lorsqu'on vous annonce l'absence d'un enseignant, vous ne demandiez pas confirmation par un certificat médical.

– Les professeurs ont droit à certains jours d'absence non justifiés.

– J'en suis ravie pour eux.

– Enfin, qu'est-ce que je t'ai fait, Didier ? clama soudain Mlle X.

– Mais rien. C'est tombé sur vous parce que c'était lundi, c'est tout.

– Je ne te crois pas ! Qui est derrière toi ?

– Mais personne. C'était juste pour rire.

– C'est impossible ! Pas quelqu'un comme toi. Ça ne peut être que politique. Qui t'a poussé à agir de la sorte ? Dis-le-moi : je peux comprendre ce genre de provocation. Je dérange beaucoup de personnes, ce n'est pas la première fois qu'on essaie de me déstabiliser.

– Ecoutez, mon fils n'arrête pas de vous répéter que vous êtes la victime, pas la cible. Il a monté un canular, c'est tout.

– Alors il faut le faire psychanalyser ! craqua l'enseignante.

– Je constate que pour vous, glissa ma mère, il est plus grave et moins normal qu'un adolescent commette une blague plutôt qu'une provocation politique.

– Quelqu'un de son niveau, oui ! renchérit la directrice. Avec tous les espoirs que nous fondions sur lui. Avec ses engagements et sa maturité…

– Justement, ne prenez-vous pas un peu trop au sérieux ce genre d'élèves, madame la directrice ? En ce qui me concerne, je suis rassurée lorsque je découvre encore chez mon fils une légère trace d'enfance.

Les deux harpies la regardèrent, bouche ouverte. Il y eut un long silence, durant lequel j'éprouvai pour mon avocate par défaut une fierté inédite. Mieux que ta doublure ou ta porte-parole, elle agissait en son nom propre, s'identifiait à mon absence de cause, militait en faveur de mes valeurs de potache, défendait mon droit de rire, alors qu'elle désapprouvait totalement mon acte. Je regrette que cette confrontation n'ait pas été filmée. Tu aurais adoré, je crois, découvrir ta femme dans ton emploi, te repasser la scène sans cesse et en peaufiner le montage dans ton laboratoire vidéo.

– Je suis tout de même obligée de l'exclure une semaine.

– C'est un minimum, concéda ma mère. Ça me paraît, en tout cas, plus approprié qu'une séance chez un psy.

– Peut-être avez-vous raison, soupira la directrice. Peut-être avons-nous tendance à surévaluer ceux sur qui nous misons.

Elle se leva. On se serra la main. Je présentai à Mlle X mes excuses officielles pour le préjudice moral que je lui avais causé involontairement. Elle les accepta du bout des lèvres, apparemment vexée de n'être victime que d'une blague, déçue que la face cachée de son meilleur élève fût celle d'un déconneur et non d'un extrémiste.

On remonta le grand escalier, côte à côte. Les professeurs et les élèves que nous croisions se retournaient sur nous, étonnés de nous voir des expressions si peu conformes aux circonstances : son air puni et mon sourire radieux. Mlle X reprit son cours, imperturbable, et ne me tint jamais rigueur, dans son attitude ni ses appréciations, de la cruelle désillusion que je lui avais infligée. Quelques mois plus tard, elle me féliciterait pour mes notes au bac français, et prouverait sa mansuétude, voire son humour rétroactif, en clamant dans tout le lycée que je lui avais fait honneur.

Au soir de ma comparution devant la directrice, tu débouchas le champagne pour fêter mon exclusion. Je te racontai dans les moindres détails la brillante plaidoirie de ta femme. Tu te montras fier d'elle, même si je te sentais un peu décontenancé de voir, pour une fois, mon admiration se détourner de toi. Quoi qu'il en soit, elle avait passé ce jour-là, pour moi, son certificat d'aptitude à la profession d'avocat. Tu décidas qu'en l'honneur de la chose, c'est toi qui ferais le dîner.

La cuisine se retrouva aussitôt sens dessus dessous, et tu fus renvoyé à tes magnétoscopes, prouvant par là que, dans certains domaines, vous n'étiez pas inter-changeables.

Jean-Pierre Bisson, qui dirigeait à l'époque le Théâtre de Nice, avait pris l'initiative généreuse d'auditionner les troupes amateurs de la région. Quand un spectacle lui plaisait, il mettait à la disposition d'inconnus ses milliers d'abonnés et sa grande salle, clés en main, les soirs de relâche. Au culot, j'avais inscrit les Compagnons d'Estienne-d'Orves sur la liste d'attente. Il nous avait convoqués un matin à dix heures, et nous nous étions produits devant lui tout seul, sur l'immense plateau vide. Grâce à ma parfaite méconnaissance des thèses existentialistes de Sartre, j'avais monté *Huis clos* comme une pièce de boulevard intimiste à la cruauté vivifiante.

Bisson nous arrêta à la vingtième minute. Son verdict tint en deux mots : « Très neuf. » Et il appela son administrateur. Notre petit spectacle créé avec trois francs six sous au foyer du lycée, nous allions le jouer trois semaines plus tard devant huit cents spectateurs. Il fallait d'urgence que j'étoffe la mise en scène, que j'amplifie les déplacements, que je repense le décor. Bref, mon exclusion du lycée tombait très bien.

Toutes les bonnes volontés furent réquisitionnées – toi, tu te chargeas de la fonderie, afin d'améliorer l'accessoire le plus important de la pièce, ce bronze de Barbedienne que tu nous avais fabriqué, lors de la création, avec du papier journal collé sur une ossature de carton-pâte. Mais tu n'en restas pas là. Comme je m'étais distribué dans le rôle principal et que je manquais de recul pour apprécier ma mise en scène, tu devins l'œil du spectacle. D'apprenti décorateur, tu passas assistant scénographe, fonction que tu cumulas rapidement avec celles de coproducteur et de conseiller juridique.

Dans l'excitation générale et la fièvre des répétitions, j'avais en effet omis un léger détail : demander les droits de représentation à la Société des auteurs et compositeurs dramatiques. Alertée par la publicité parue dans *Nice-Matin*, la SACD nous signifia par lettre recommandée l'interdiction de jouer *Huis clos*. Tu lui répondis aussitôt, en tant qu'avocat des Compagnons d'Estienne-d'Orves, plaidant une ignorance des usages compréhensible de la part de néophytes mineurs, disposés à régulariser sur-le-champ la situation aux conditions souhaitées par l'ayant droit. La SACD répliqua que c'était trop tard, et maintint son veto. Le Théâtre de Nice ne pouvait que s'incliner en confirmant l'annulation.

Tu fus effondré encore plus que nous. Tu t'étais greffé sur notre rêve, et tu prenais ce plantage comme un échec personnel. Pire : une faute professionnelle. Mais tu n'étais pas du genre qui renonce.

– Seul l'auteur peut passer par-dessus la SACD, me dis-tu en me tendant un stylo. Ecris-lui.

Sans y croire une seconde, j'obéis. Pour te remonter le moral, j'adressai une longue lettre d'excuse et d'admiration à l'attention de mon dramaturge, Editions

Gallimard, prière de faire suivre. Six jours plus tard, je reçus un télégramme :

> *Autorisation jouer* Huis clos.
> *Jean-Paul Sartre.*

On n'y croyait pas. Tu appelas le responsable des autorisations à la SACD, qui soudain leva tous les obstacles administratifs avec une politesse empressée. Mais le meilleur était à venir. Dans le mois qui suivit la représentation, le théâtre me fit parvenir une enveloppe adressée à « Monsieur le metteur en scène des Compagnons d'Estienne-d'Orves, aux bons soins du Centre dramatique national de Nice ». La lettre était dactylographiée sur papier gris.

> *Monsieur,*
> *Des amis ont vu votre* Huis clos. *Ils m'ont dit que la salle riait. Je pensais à l'époque avoir écrit une pièce drôle, on m'a persuadé du contraire. Merci de m'avoir, trente-trois ans plus tard, redonné raison.*
> *Bien à vous.*
>
> *Sartre*

Un ange gardien devait accomplir son stage de facteur, cette semaine-là. Le surlendemain, je reçus un courrier que je n'espérais pas davantage. Ayant eu un coup de foudre pour les livres de Geneviève Dormann, je lui avais envoyé, sans la connaître, le début de l'un des miens, accompagné d'un citron de mon balcon en référence à l'un de ses titres. Et voilà que la romancière accusait réception de l'agrume et du texte, me signalait sèchement quelques fautes de style, me disait qu'elle avait ri néanmoins et que j'étais probablement un écrivain ; il fallait donc que je me méfie des éditeurs « qui sont tous des marchands de papier », et que je recrute le mien avec rigueur et vigilance, comme pour choisir un mot ou un citron.

Ces deux missives magiques, punaisées l'une à côté de l'autre au-dessus de mon bureau, agissaient comme des boussoles indiquant des directions contraires. Devais-je continuer de m'enfermer par écrit pour essuyer les refus des « marchands de papier », ou tenter de percer dans le théâtre où j'avais reçu un accueil prometteur ? Regonflé à bloc, je fis les deux. Et toi, totalement grisé par ces lettres dont tu distribuais partout des photocopies, tu conçus le projet baroque de réunir, au cours d'un déjeuner à Paris, ceux que tu considérais en toute simplicité comme les deux premiers membres de mon fan-club : l'existentialiste et la hussarde. Le pape de la gauche pensante et la trublionne de la droite romanesque.

– Tu verras, te réjouissais-tu par avance, il n'est pas dit qu'ils se détestent. En tout cas, ils ont déjà un point commun.

Tu ne doutais de rien, dès qu'il s'agissait de moi. Le déjeuner eut lieu, du reste, six ans plus tard. Avec un couvert en moins : Sartre était mort, mais tu fis son panégyrique à Dormann, qui te prit pour un fou et donc t'aima bien.

*

– C'est la première fois que vous travaillez ensemble ?
– Oh non ! t'exclamas-tu.
C'était le soir de la première de *Huis clos*. Anne de

216

la Valette, la pétulante reporter de Radio Monte-Carlo, qui avait défrayé la chronique en désarmant naguère par ses talents de négociatrice un preneur d'otages à l'aéroport de Nice, nous tendait son micro dans les coulisses du théâtre, à l'issue de l'ovation qui avait salué le spectacle. En l'absence de document filmé, je ne sais pas ce qu'il valait, mais tout mon lycée était là pour nous soutenir, et l'ambiance relevait plus du terrain de foot que du centre dramatique.

Comme j'avais fait monter sur scène mon équipe technique pour les applaudissements, la journaliste t'avait repéré en tant que décorateur-scénographe. Et c'est la première fois où je te vis tirer la couverture à toi – juste retour des choses : d'habitude, c'est moi qui me servais dans ton public.

– Rappelons à nos auditeurs, maître van Cauwelaert, que vous êtes bien connu ici à Nice comme avocat, mais que vous êtes également l'assistant et le père du jeune metteur en scène. Alors, à quand remonte votre première collaboration artistique ?

On s'est regardés, on a souri, j'ai ouvert la bouche et tu as répondu pour moi :

– Il avait, je ne sais pas, deux ou trois mois.

Et tu as développé. Vu que j'étais allergique au lait maternel et que les douleurs d'arthrose t'empêchaient de dormir, c'est toi qui me nourrissais, à cinq heures du matin. C'est en m'enfournant biberons et cuillères de Phosphatine que tu avais commencé à me raconter des histoires qui allaient susciter ma vocation d'écrivain. Non seulement j'écoutais, disais-tu, mais je comprenais tout et je riais où il fallait.

Tu enjolivais naturellement, comme à ton habitude, ce récit de nos premiers moments d'intimité, mais je

217

garde quant à moi un souvenir très précis des années Phosphatine : celui du jour où je t'ai demandé pourquoi, le matin, tu m'appelais « monsieur le Président ». Tu es resté coi, puis tu as rougi. En fait, tu ne te cantonnais pas aux feuilletons farfelus, aux contes de fées poilues ou d'ogres ensorcelés devenus végétariens : tu testais également sur moi tes plaidoiries. Et mon imaginaire était censé se nourrir de belles histoires édifiantes du genre : « Mon estimé confrère oublie que les deux parcelles susdites, monsieur le Président, résultent de la division d'une propriété d'un seul tenant, créant par là même une servitude de passage que mon client n'a pas à justifier par un usage trentenaire. » Evidemment, ça devait m'intéresser, comme sonorités. Ça me changeait agréablement des « gouzigouzi » roucoulés par les femmes de la famille. Alors je riais, oui, sans doute, même si tes effets de manches me tartinaient de bouillie.

– Votre fils était précoce, donc, maître ? relança Anne de la Valette.

– Ça dépend sous quel angle, répondis-tu en m'envoyant une bourrade.

En effet, si j'ai parlé à six mois, j'ai marché à un an et demi. Tu évoquas au micro ta responsabilité avec une fierté navrée : là encore, je t'imitais. J'étais volubile comme toi, et comme toi je ne tenais pas sur mes jambes. Quand on me promenait au jardin public, dans le landau que je refusais de quitter, je regardais tituber les bébés plus petits que moi en m'esclaffant : « Regarde, maman, comme ils sont ridicules. » Et toi, quand je te voyais tomber – avec ta « jambe qui lâche », comme tu disais, il t'arrivait souvent de dégringoler les dix-huit marches sans rampe qui menaient au palais de justice –, je pensais que c'était pour rire, je pensais que tu imitais les bambins du square dont les chutes grotesques me dissuadaient de faire mes premiers pas. Insensiblement, ma poussette devenait un fauteuil roulant ; la famille s'inquiétait et le pédiatre s'arrachait les cheveux.

– C'est une belle histoire, maître, merci de nous avoir parlé de ce *Huis clos* qui, j'espère, va poursuivre sa carrière en tournée.

Je n'en revenais pas. L'interview était finie, et je n'avais pas pu placer un mot sur Sartre, sur mes acteurs, sur ma conception de la mise en scène. Les auditeurs de Radio Monte-Carlo n'avaient entendu parler que de mes biberons et de ma poussette. Et tu étais fier de toi. Sauf que tu n'avais pas terminé ton histoire, et que tu rattrapas la journaliste dans l'escalier pour continuer, hors micro, la scène chez le pédiatre où, face au doute grandissant sur mes capacités motrices, tu avais pris ma défense :

– Il marche dans sa tête, docteur. Il se prépare. Quand il s'est mis à parler, il a tout de suite fait des phrases. Le jour où il se lancera sur ses jambes, il courra le cent mètres. N'est-ce pas, mon grand ?

– Nous sommes devant un vrai problème, maître, avait répondu gravement le pédiatre.

– Mais non. Montre-lui, Didier.

Je ne sais pas si je me réfère à mon souvenir ou à celui que me ressasserait par la suite le Dr Raibaudi, cet homme sombre et gentil que je prenais pour un ogre en phase digestive, car son cabinet était meublé d'une dizaine de grands vieux berceaux vides. Mais je réentends parfaitement le son de ta voix, ce jour-là – ce mélange d'optimisme intraitable et d'anxiété mal cachée. Je ne voulais pas que tu aies tort, je ne voulais pas que tu perdes la face devant le docteur.

Je me suis levé et j'ai marché.

Dix-sept ans après cette mise en jambes chez le médecin, ta confiance persuasive me sauvera d'une autre forme de paralysie. La dépression nerveuse, la résignation, le renoncement.

Mais je saute une étape. Les seules périodes vraiment suicidaires de ma vie, hors chagrins d'amour, se situent à neuf et dix-huit ans. Aussi active la seconde fois que passive la première, ta présence fut, dans les deux cas, déterminante.

L'été 1969, alors que tu ne marchais pratiquement plus, que je sentais la mort dans tes yeux et que mes deux premiers romans avaient déjà été refusés vingt-cinq fois, tu nous avais emmenés, ma mère, ses parents et moi, déjeuner au cap Camarat dans un restaurant de poissons. J'essayais de faire bonne figure pour votre anniversaire de mariage, mais je n'avais qu'une envie : terminer mon assiette pour aller me noyer dans la mer. En finir avec cette attente continuelle devant ma boîte aux lettres, où n'arrivaient que des circulaires d'éditeurs disant que mon manuscrit n'entrait pas dans le cadre de leurs collections. Et quand ils m'écrivaient un truc plus personnel, c'était une lettre d'insulte, comme celle que je venais de recevoir, goutte d'eau qui faisait déborder le vase : un comité de chez Gallimard me disait que mon style était un « mélange indigeste de juvénilité normale, vu l'âge de l'auteur, et des plus grosses ficelles de vieux routier du polar ». Connards. J'étais en train de mûrir ma vengeance posthume en imaginant la une de *Nice-Matin* qu'aurait composée mon grand-père (« Un écrivain de neuf ans accuse de son suicide un éditeur parisien »), lorsqu'une pince de homard atterrit dans ma bouillabaisse.

Je me retournai, furieux, vers la table voisine où une mamy chapeautée manœuvrait un casse-noix, en face de deux jeunes types immenses.

– Mange proprement, enfin, se crispa ma mère en montrant ma chemise éclaboussée.

– Mais c'est pas moi, c'est la vieille qui m'a tiré dessus, demande à papa !

Tu étais dans l'axe de la tablée coupable. Figé, livide, la fourchette en suspens.

– Tu sais qui c'est ? me dis-tu d'une voix blanche.

Je regardai à nouveau. Je ne voyais qu'une grande capeline noire, à moitié cachée par les deux armoires à glace qui me tournaient le dos.

– Greta Garbo, parvins-tu à articuler, la gorge nouée et les lèvres tremblantes.

– Ça manquait, ça, soupira maman.

Je ne t'avais jamais vu dans cet état. Je savais que la star suédoise était ton idole depuis toujours. Tu m'avais emmené voir à la cinémathèque de Nice *Rue sans joie* et *La Reine Christine*, pour que j'admire à mon tour celle que tu appelais la Divine. Je respectais ta fascination, mais je ne raffolais pas trop du genre coincé-mystère. Mon style de femme, c'était plutôt Diana Rigg dans *Chapeau melon et bottes de cuir*.

Tu fixais l'actrice, les doigts crispés sur ton croûton de rouille. Tu murmuras :

– Vas-y.

– Où ça ?

– Va lui rendre la pince.

Une bouffée de fierté chevaleresque balaya d'un coup ma dépression. Tu me déléguais. Tu m'envoyais en messager, en homme de confiance pour aborder la femme de tes rêves. Le cœur gonflé d'importance, je saisis la pince de homard qui gisait dans ma flaque de bouillon, entre un bout de mérou et une patate, je me levai en bombant le torse et partis accomplir ma mission.

– Bonjour, madame Garbo.

En voyant un objet tranchant s'approcher d'elle, les deux gardes du corps jaillirent de leur chaise pour faire écran. Devant le format de l'agresseur, ils laissèrent leur main retomber de leur poche revolver. Le grand chapeau s'était redressé. J'aperçus quelques centimètres de rides entourant d'immenses lunettes noires. Je lui présentai mes hommages, et entrepris de lui expliquer la situation. Ce fut un peu long. L'un des gorilles traduisait ce que je disais. Le chapeau à lunettes acquiesça sans un mot, puis redescendit s'occuper de son homard. Les gardes du corps se rassirent et m'oublièrent.

Je restai un instant sur place, observant la star qui charcutait son crustacé. Puis je déposai la pince sur la nappe, et regagnai notre table.

– Alors ?

Ton regard me fixait, ardent, impatient, fébrile. Un môme qui attend au pied du sapin l'ouverture de son cadeau.

– Qu'est-ce qu'elle t'a dit ?

J'avalai ma salive. Comment doucher une telle excitation, trahir un tel espoir en déballant une boîte vide ? J'improvisai :

– Elle m'a dit pardon et qu'elle a pas fait exprès, je lui ai dit que tu l'aimes beaucoup et qu'on a vu tous ses films, elle a dit que c'est gentil…

J'ai marqué une pause.

– Et alors ?

Ton émerveillement réenchantait le monde. J'en oubliais mes échecs, mon projet de suicide et le désintérêt que m'avait témoigné ton idole. Tu attendais la suite : il fallait fournir.

– Elle m'a demandé ce que je fais dans la vie, j'ai dit écrivain, alors elle m'a demandé si j'écris aussi pour le théâtre, j'ai dit oui…

Tu as frappé dans tes mains, pris à témoin ma mère qui a levé les yeux au ciel.

– Et qu'est-ce qu'elle t'a répondu ?

Je n'ai pas hésité. Tu avais tellement envie d'y croire.

– Elle a dit que ça tombe bien parce qu'elle cherche une pièce, et que, si j'ai un rôle pour elle, il faut que je lui envoie.

– Où ça ?

Tu avais bondi, les doigts serrés sur mon poignet. Là, j'ai séché.

– Tu ne lui as pas demandé son adresse ?

Du coup, tu m'engueulais presque.

– Laisse, je trouverai, a dit mon grand-père Georges, pour qui les vedettes en séjour sur la Côte n'avaient aucun secret : c'est lui qui, à *Nice-Matin*, composait les nouvelles mondaines en lettres de plomb.

– Et comment elle est, de près ?

– Sympa.

– Mangez, ça va être froid, a dit ma mère.

Tu secouais la tête en me regardant, épaté. Epaté par la teneur de mon entrevue, ou par le naturel avec lequel je l'avais inventée ? Je ne le saurai jamais. De toute façon, même si tu n'étais pas dupe sur le moment, ça n'allait guère durer.

Dans les semaines qui suivirent, tu racontas à tout le monde que j'écrivais une pièce sur mesure pour la Divine, et c'était devenu vrai. Ma dépression nerveuse était finie : j'avais reçu une commande. Et qu'importe si elle n'existait que dans ma tête ; je m'étais remis à croire en moi.

Suant sang et eau entre une photo de Garbo et un dictionnaire de rimes, je me retrouvais donc à compter sur mes doigts les pieds d'une tragédie en vers. C'était l'histoire d'un orphelin éclaboussé de bouillabaisse par une star du cinéma, qui tombe amoureuse de lui malgré la différence d'âge, et décide de le sauver de la leucémie en lui donnant son sang. Ça s'intitulait *Appelez-moi Victor*, je ne sais plus pourquoi, sans doute parce que le personnage s'appelait Victor. Je t'en lisais des scènes, tu me donnais la réplique, scandant sur un rythme imprécatoire mes vers de mirliton ; tu corrigeais mes erreurs médicales et tu ajoutais de l'humour.

– Elle va adorer, te réjouissais-tu.

Je parlai du projet à mon parrain, qui avait dîné jadis avec mon actrice au temps de sa splendeur. Je me disais que, transmise par ses soins, notre pièce aurait sans doute plus de chances d'être jouée. Au lieu de manifester l'enthousiasme escompté, Henri court-circuita le rêve en deux phrases : son amie Greta s'était retirée du monde depuis des lustres, on ne la reverrait jamais dans un rôle. De toute manière, ajouta-t-il sur un ton de consolation, la Divine n'était plus assurable.

Je te cachai la cruelle vérité, pour que tu partes te faire scier la hanche en conservant l'espoir que nos répliques fleuriraient, un jour, dans la bouche de Garbo.

*

Certains jugeront peut-être que je me compliquais beaucoup la vie dans l'espoir d'alléger la tienne. Mais il a toujours été impensable pour moi de te décevoir. Tu étais un marchand de miracles, tu m'avais choisi comme fournisseur, et je me devais d'honorer tes commandes, ta confiance, ton attente.

Neuf ans et trois mois après ma conversation imaginaire avec Greta Garbo, nous nous trouvions ce mardi-là attablés dans ton bureau, en train de partager nos gamelles de midi. J'étais en prépa de lettres modernes à Masséna, tu faisais la journée continue, ton cabinet dans le Vieux Nice était à cent mètres du lycée, et je séchais souvent la cantine pour passer un moment avec toi.

Après l'horreur d'une année de bachotage sur fond de crise amoureuse, je m'étais dit qu'hypokhâgne serait le paradis : une classe sans programmes définis où j'imaginais une cohorte de professeurs Nimbus prendre le temps de nous immerger pour le plaisir dans la culture gratuite. Au lieu de quoi, je me retrouvais dans un camp retranché de bûcheurs hystériques, devant des enseignants stressés qui regardaient l'heure quand on posait une question. Le seul vrai contact humain que j'avais pu nouer était avec mon prof de philo, un agité à chemise blanche et brushing noir, qui publiait sous le manteau des recueils de poèmes érotiques.

– Fuyez ! m'avait-il conseillé avec une mine horrifiée, quand je lui avais appris que je faisais hypokhâgne en touriste pour compléter mon bagage d'écrivain. Fuyez, malheureux, sinon vous allez vous perdre, et, pire, nous contaminer !

Ce grand serviteur de la pensée nietzschéenne, le seul qui aurait pu me donner l'envie de rester, m'indiquait donc l'issue de secours. Mais pour aller où ? En fac, solution de repli que tu aurais vécue comme un échec personnel, toi qui avais tant rêvé de faire une prépa littéraire « avec moi » ? A Paris, pour entamer des grèves de la faim dans le hall des maisons d'édition ? C'était le seul moyen qui me restait pour attirer l'attention de ces « marchands de papier » qui renvoyaient mes manuscrits sans les ouvrir – je collais des cheveux sur la tranche ; huit fois sur dix je les retrouvais en place. J'avais besoin de consacrer un minimum de quatre heures par jour à mon roman en cours, c'était totalement incompatible avec le rythme d'hypokhâgne, et j'ai toujours su que rien n'est intéressant si l'on ne s'y donne à fond.

Alors ? Lâcher la proie pour l'ombre ? La proie n'était pas comestible et l'ombre ne voulait pas de moi. A dix-huit ans à peine, sous des dehors conquérants, je me considérais déjà comme un raté au long cours. Déchiré entre deux naufrages, le cœur à fond de cale, seul avec mon début d'herpès et ma tête de pizza, je n'avais plus que ton enthousiasme pour me maintenir à flot. Alors je te mentais. Sur tous les fronts. Je t'inventais, durant nos déjeuners sur le pouce au milieu de tes dossiers, une hypokhâgne de rêve qui faisait pétiller tes prunelles au-dessus de ton sandwich au jambon. Et je te racontais que Le Seuil et Albin Michel se bagarraient pour publier mon premier livre – ce qui ne deviendrait la réalité que deux ans plus tard.

Dans l'incapacité absolue de te laisser voir mon désespoir, je te faisais partager un faux dilemme, et nous discutions sans relâche des mérites comparés de mes deux éditeurs potentiels, l'un étant à l'époque un sanctuaire voué aux prix littéraires qui se vendaient plus ou moins, l'autre une entreprise offensive alignant des succès mal vus par la critique. Nous n'arrivions pas à nous décider, ce qui me permettait de gagner du temps en espérant que mes mensonges finiraient par devenir prémonitoires. J'étais très bon acteur – ou bien tu jouais ma comédie encore mieux que moi.

Jusqu'au jour où, veille de la remise des devoirs que je n'avais pas faits, je craquai soudain devant toi. Au beau milieu du récit de mon coup de fil fictif avec Alain Resnais, désireux, disais-je, de tirer un film de mon manuscrit à condition que j'en écrive l'adaptation cinématographique avant de le publier – excellente manière de m'accorder un sursis dans le choix de mes éditeurs fantômes –, j'éclatai en sanglots. Tu avalas prestement ta bouchée.

– Ça ne va pas ?

Je jetai l'éponge. Je te dis que non, ça n'allait pas, je n'arrivais plus à tout concilier, j'étais en train de perdre mon âme pour rien en hypokhâgne, c'était la voie de la sécurité, bien sûr, mais je n'avais ni le niveau ni la motivation, et je préférais sauter dans le vide plutôt qu'aller dans le mur.

– Eh bien saute, où est le problème ? Si tu es malheureux, ne reste pas. J'expliquerai à ta mère. Tu ne vas pas t'épuiser pour nous faire plaisir dans un truc qui ne t'apporte rien, alors que tes éditeurs s'impatientent.

Il y avait un tel naturel dans ta voix, une telle évidence, une telle empathie que j'eus le courage d'aller jusqu'au bout de mes aveux :

– Papa... Je t'ai un peu menti. Je n'ai pas encore d'éditeur.

Sans te laisser démonter le moins du monde, tu enchaînas sur le ton de la plaidoirie :

– Et alors ? Raison de plus ! Ce n'est pas au lycée Masséna que tu en trouveras un.

A ce moment-là, ton téléphone sonna. C'était mon parrain. Très flatté que je prépare Normale sup, il prenait de mes nouvelles, demandait si j'avais épousé le rythme, si je tenais bien la cadence.

– Surtout, René, dis-lui de ne pas se laisser paniquer. J'en parlais hier encore à la princesse Grace : les professeurs font toujours le même coup pour réduire les effectifs. « Aujourd'hui vous êtes trente, dans dix jours vous serez quinze. » Mais s'il ne se maintient pas dans la botte, il est cuit.

– Ecoute, Henri, ce n'est pas le problème. D'abord, il trouve le niveau un peu faible, les enseignants ne sont pas à la hauteur, mais il serait passé outre pour nous faire plaisir, seulement c'est impossible. Il est sur le point de signer son contrat avec les Editions du Seuil. Le hic, c'est que Roger Bastide lui demande deux livres par an : il est obligé de sacrifier hypokhâgne. Je te rappelle.

Tu raccrochas et, l'air mutin, tu me commentas la réaction d'Henri :

– Sur le cul, il était. Ça lui fera les pieds, avec sa princesse.

– Papa… c'est François-Régis.

– Pardon ?

– Le Seuil, c'est François-Régis Bastide. Roger Bastide, c'est le copain d'Antoine Blondin sur le Tour de France.

– Ah merde. Remarque, c'est pas grave : ton parrain n'y connaît rien. François-Régis, d'accord. Faut que je le note. Je ne sais plus où j'ai mis le double de sa lettre, tu me la redonneras. Elle était élogieuse, non ?

J'éludai d'une moue vague. J'avais soigneusement harcelé le directeur littéraire du Seuil, qui animait par ailleurs à l'époque, sur France Inter, *Le Masque et la Plume*. Comme le début de l'émission était consacré au courrier des auditeurs, j'avais commencé par le familiariser avec mon nom en lui envoyant une lettre où, sous couvert d'exprimer mon enthousiasme à propos du film *Annie Hall*, je tissais un adroit parallèle entre l'œuvre de Woody Allen et ce que j'essayais de transmettre à mes lecteurs. Bastide avait lu ma prose à l'antenne. La semaine suivante, il recevait mon roman *Bavures*, l'histoire de deux lycéens qui ont un enfant non désiré pendant les révisions du bac. Il me répondit, à l'en-tête du Seuil, que j'avais sans doute la fibre d'un romancier à long terme, et qu'il me conseillait donc de travailler encore dans mon coin avant de me faire publier, car « il n'est pas bon de transformer les lycéens doués en chiens savants pour épater la galerie parisienne ».

– Tu me disais que son patron lui avait remonté les bretelles, qu'il trouvait que ton âge au contraire était un argument de vente.

– Je te disais, oui.

Tu soupiras, tu allumas un cigarillo, tu grattas une tache de beurre sur ta cravate et tu remis ton veston, parce qu'il était presque deux heures et que ton premier client de l'après-midi allait arriver.

– Bon, de toute manière il faut battre le fer pendant qu'il est chaud : tu arrêtes la prépa et tu te concentres sur tes livres. On parle à ta mère ce soir, d'accord ? Allez, file, tu vas être en retard.

Je quittai la rue Alexandre-Mari dans un état d'esprit chaotique, le moral remonté mais l'espoir en berne. Au coin de Corvésy, la réverbération me fit baisser les yeux. J'avais oublié mes lunettes de soleil dans ton bureau. Je fis demi-tour, regrimpai les deux étages. En traversant la salle d'attente encore vide, je t'entendis parler au téléphone. Avec un accent juif américain. Je m'approchai sans faire craquer le parquet.

– … *Ask* François-Régis Bastide *if* c'est bien lui qui a les *movie rights* de *Bavures*. Droits cinéma, *yes*. C'est un *book* de Daïdaï van Cauwelaert que vous allez *publish*, éditer, on dit, non ? Woody a lu ça quand il est en vacances à Nice et il veut que je l'achète – Woody Allen, *you know* ? Je suis son *producer*, producteur, *right*. Non, non, je retéléphone moi. *Have a good day.*

Tu levas les yeux et tu me vis, dans l'embrasure de la porte. Ton visage resta figé dans son expression de producteur américain, lunettes dans les cheveux, front plissé, Davidoff planté au coin d'une moue d'affaires. Tu étais grandiose et tu étais pathétique, dans tes efforts aussi roublards que naïfs pour rendre vraies mes affabulations.

Pris en flagrant délit de mensonge, tu cachas dans

un réflexe absurde le combiné sous le bureau. Tu me rappelais la mère de Romain Gary dans *La Promesse de l'aube*. Sans le sou, elle se saignait aux quatre veines pour pouvoir, chaque jour, servir à son fils de treize ans le bifteck qui l'aiderait à écrire un chef-d'œuvre. Et elle le regardait manger sa viande sans jamais y toucher, affirmant qu'elle n'aimait que les légumes. Un jour, il la surprit dans la cuisine, la bouche pleine et la poêle sur les genoux. « Elle en essuyait soigneusement le fond graisseux avec des morceaux de pain qu'elle mangeait ensuite avidement et, malgré son geste rapide pour dissimuler la poêle sous la serviette, je sus soudain, dans un éclair, toute la vérité sur les motifs réels de son régime végétarien. »

Face à ta conduite, j'éprouvais le même genre de sentiments que le jeune Gary. Tu sauçais la poêle de mes rêves, et ça me coupait la digestion. J'étais fier de toi et j'avais honte. Tu m'épatais et je t'en voulais. Je me sentais coupable de ce que tu faisais pour moi : ton obstination généreuse me renvoyait à mes limites, à mes insuffisances. J'avais semé en toi une espérance que je n'avais pas réussi à mener à terme, alors tu prenais le relais, tu relevais mon défi, tu augmentais la puissance de mon bluff sans te soucier des retombées.

Tu vis la réprobation dans mes yeux. Tu te justifias aussitôt, avec impatience :

– Quoi, qu'est-ce que j'ai fait ? S'ils veulent le film, il faut bien qu'ils signent le livre. Je leur mets la pression, c'est tout.

Non : tu essayais de vendre un terrain agricole au prix du mètre carré constructible.

– Je veux réussir tout seul, papa.

– Très bien. Si tu le prends comme ça, je les rappelle et je renonce à acheter les droits. Tant pis pour toi !

La cendre de ton cigarillo tomba sur le sous-main, tu la chassas d'un geste énervé qui envoya valdinguer la lampe. Dans un effort pour la retenir, je renversai un vase. On ramassa les débris. La tension était retombée entre nous, par nos maladresses communes. On se souriait, du coin de l'œil.

– De toute façon, conclus-tu comme on referme une parenthèse, ils ne m'ont pas cru.

Mais tu pensais le contraire, et tu n'avais peut-être pas tort. A deux ans de là, quand Jean-Marc Roberts, après avoir accepté en douze heures *Vingt ans et des poussières* – prenant de vitesse Richard Ducousset d'Albin Michel, qui se rattraperait quatre livres plus tard lorsque Le Seuil changerait de direction –, me donna rendez-vous dans son bureau de la rue Jacob, François-Régis Bastide était là. Il se souvenait de ma lettre au *Masque et la Plume*, de sa réponse au roman de mes dix-huit ans. Nommé ambassadeur à Vienne, il quittait la maison d'édition au moment où j'y entrais, mais il avait tenu à m'accueillir. On parla d'avenir, puis, au détour d'une phrase, il me demanda ce qu'était devenu mon projet avec Woody Allen. Je fis beaucoup d'efforts pour ne pas piquer un fard. Par solidarité envers toi, je répondis :

– C'est en cours. Mais bon, il ne faut pas rêver.

Bastide me regarda avec son air de grand lévrier triste, et me répondit de sa belle voix de radio :

– Il faut toujours rêver. La preuve.

Il me tendit son stylo, et je signai mon contrat.

Bon, j'ai différé ce moment autant que j'ai pu, mais nous avons rendez-vous pour une dernière explication. Disons que j'ai rendez-vous avec moi-même. Je n'y couperai pas. Cet ultime silence entre nous m'a posé trop de problèmes. Vingt-huit ans après t'avoir confessé mes mensonges d'hypokhâgne, il faut que je t'en avoue un autre. Que je te l'exprime noir sur blanc, même si, comme je le pense, tu n'as pas été dupe.

Lorsque le médecin a diagnostiqué tes cancers (côlon, foie et « lâcher de ballons » dans les poumons), il a clairement laissé entendre qu'à plus de quatre-vingt-dix ans, une chimiothérapie ne ferait qu'empoisonner tes derniers mois. En accord avec lui, ta femme et tes enfants ont décidé de te « laisser tranquille », et de ne rien te dire. Même si le Dr Gianettini, qui te connaissait par cœur, nous rappelait :

– C'est tout sauf un imbécile : il va bien se douter, à partir du moment où il commencera à souffrir et à ne plus pouvoir respirer normalement. Comment allez-vous gérer ?

Comme on a pu. Tu n'as pas souffert, et ta gêne respiratoire est allée décroissant. Grâce, je pense, au Tiny-Scan, une petite boîte bleue mise au point par deux Belges, le physicien Jean-Marie Danze et l'homéopathe Francine Delvaux [1]. Il s'agit d'un générateur de champs magnétiques pulsés, homologué selon la Directive européenne sur les dispositifs médicaux. Chaque organe émettant des fréquences particulières, mesurées en laboratoire, le Tiny-Scan permet, par un simple réglage digital, de diffuser vers les zones perturbées les ondes normales d'une cellule en bonne santé. Ça ne prétend pas se substituer à un traitement « classique », mais ça offre l'avantage de rééquilibrer les énergies sans aucun effet secondaire. Ce n'est pas une action curative extérieure ; c'est une réinformation des cellules. Comme un diapason qui permet de revenir au son initial d'un instrument désaccordé.

Mais ce travail se déroulait à ton insu, et ne pouvait prétendre qu'à ralentir le processus des métastases, pas à l'inverser. Qu'en aurait-il été si nous t'avions dit la vérité, si nous t'avions mis en situation d'agir toi-même, consciemment, sur tes cellules ? Ma mère s'en veut souvent de t'avoir tenu à l'écart de ta maladie ; elle considère notre mensonge par omission comme un abus de confiance. Moi, je me pose la question, c'est tout.

A Dallas (Texas), le Centre de recherche et d'information sur le cancer a obtenu d'incroyables résultats, dès le début des années quatre-vingt. L'équipe du Dr Simonton invite les patients à se concentrer sur leurs cellules cancéreuses, en les regardant non pas comme des ennemis, mais des victimes irresponsables, complètement paumées, qu'il faut plaindre et remettre sur la bonne voie, quitte à leur expliquer sans haine et sans

_____

1. www.delvaux-danze.be

crainte, tout en visualisant le processus, qu'elles doivent se sacrifier pour éviter la destruction de l'organisme tout entier. Qu'elle soit utilisée en dernier recours ou qu'elle renforce un protocole de thérapie classique, cette technique d'imagerie mentale a permis des centaines de rémissions, parfois définitives[1].

Mais, bien sûr, le patient doit être à la fois conscient de son état et désireux de guérir. Même si je regrette profondément de n'avoir pas tenté avec toi cette dernière expérience, cette ultime collaboration, je ne suis pas certain que tu aies rempli la seconde condition requise. Tu avais pourtant le profil du miraculé. Tu avais si souvent agi sur ton corps, dompté les handicaps et vaincu la fatalité... Mais là, c'était différent. Une force en toi souhaitait plier bagage, et je ne voulais pas *t'obliger* à te battre. A lutter contre l'irrémédiable pour me faire plaisir. Si je t'avais mis le marché en main, je pense que tu aurais accepté, relevé le défi, parce que cela te passionnait : la pensée positive, le pouvoir de l'esprit sur le corps, toutes ces possibilités du mental que tu avais explorées avec enthousiasme dans les livres du physicien Michael Talbot[2]. Mais c'eût été *mon* combat, pas le tien. Pour ne pas me décevoir, tu serais entré en résistance, alors que dans ton for intérieur tu avais déjà signé l'armistice.

Et puis une statistique inattendue inflige un bémol aux résultats si probants de l'université du Texas. Le Dr Jeanne Achterberg, psychologue et directeur de recherches en sciences de la rééducation, qui a fait partie de l'équipe de Simonton, a prouvé sur des cen-

---

1. O. Carl Simonton, *Guérir envers et contre tout* (L'Épi, 1982).
2. Michael Talbot, *L'univers est un hologramme* (Pocket, 1994).

taines de patients qu'une image formée dans leur esprit pouvait permettre à un cancer incurable de devenir réversible[1]. Mais, au vu de son expérience, les malades qui parviennent à la guérison totale sont ceux dont le quotient intellectuel, émotionnel et culturel est le moins élevé. Ceux pour qui le mot « tumeur » n'évoque rien de précis, ceux pour qui le terme de « métastases » n'implique pas une condamnation à court terme – ceux qui, en somme, par manque de références et d'imagination, ne visualisent pas leur cancer comme une machine de mort.

Achterberg va plus loin, en publiant les résultats d'une enquête menée sur plusieurs années : la moyenne des décès dus au cancer (18 % pour l'ensemble de la population) n'est que de 4 % chez les retardés mentaux. Dans ce même groupe, par exemple, entre 1925 et 1978, on ne relève *pas un seul cas* de leucémie. Que peut-on en conclure ? Qu'une personne aux facultés cérébrales réduites, de naissance ou par accident, ne se *fabrique* pas de cancer, et que, lorsque son organisme en développe un, elle ne lui donne aucune prise ? Seul l'instinct de survie se met en action. A l'annonce de la maladie, le sujet dit non comme un enfant, et ça marche.

Quelques années plus tôt, je pense sincèrement que ça aurait pu réussir avec toi. Ta force d'enfance était demeurée assez intacte, je crois, pour compenser ton excès d'intelligence. Mais, cet été 2005, nous n'en étions plus là. Tu avais craqué devant moi, à deux reprises, cessant brusquement de donner le change.

---

1. Jeanne Achterberg, *Imagery in Healing* (New Science Library, Boston, Mass., 1985).

Même l'observation des poissons ne te réconciliait plus avec la vie. Tu m'avais dit, la dernière fois que je t'avais hissé hors de la mer, poignant sous ton masque embué, le tuba en bataille :

– J'en ai marre d'infliger à ta mère ce que je suis devenu. Si ça continue comme ça, moi je m'en fous, je te préviens : je me tue !

Ce n'était pas un scoop. Le suicide altruiste était bien ce que nous redoutions le plus chez toi, en connaissance de cause. Tu ne te serais pas jeté par la fenêtre, si nous t'avions mis au courant de l'évolution de ton cancer, mais tu aurais tout fait pour hâter les choses, j'en suis certain, et ça aurait marché. Le pouvoir de l'esprit, ça marche hélas dans les deux sens.

Nous luttions donc, officiellement, contre une grosse anémie causée par une phlébite à l'intestin. Le manque de fer t'épuisait, et les effets secondaires de celui qu'on t'administrait en remplacement te laissaient sur le carreau. Toute ta vie tu avais supporté la souffrance, jamais la fatigue. La seule plainte que tu consentais à émettre devant tes amis, et elle nous broyait le cœur, c'était : « J'ai la tête vide. » Tu te doutais bien qu'elle ne se remplirait plus sur commande.

Tu n'avais plus envie de jouer les prolongations. De remonter la pente pour la redescendre, et la remonter encore. Ce n'était à tes yeux qu'une perte de temps, un sursis sans objet, un calvaire pour nous tous, et une mauvaise image de toi que tu refusais de laisser. Tu n'avais pas peur de la mort, et tu étais pressé de passer à autre chose. Alors nos cachotteries, notre silence, tu les vivais peut-être comme une thérapie de confort. Dans le souci de nous ménager, tu feignais de nous croire quand nous faisions mentir tes analyses. Tu entrais dans notre jeu pour notre bien, comme tu l'avais fait jadis pour ta grand-mère devenue aveugle, et comme elle-même l'avait fait pour sa fille en lui cachant la mort de ton père durant quatre années de guerre.

Ta petite boîte bleue collée tour à tour sur le côlon, le foie et les poumons – c'était censé, te disais-je, « rouvrir tes chakras » –, tu faisais docilement remonter tes énergies afin de nous voir moins abattus par ton déclin. Tu prenais, dans notre amour et nos soins palliatifs clandestins, ce qu'il te fallait de forces vives pour ne pas trop souffrir, soutenir un minimum de conversation et rédiger tes conclusions en appel sur ta servitude de passage. Pour le reste… *Poli, malin, confiant*, la plupart du temps, tu laissais faire les choses.

*

Et puis vint le jour où tu te révoltas contre la petite boîte bleue.

– Je ne veux pas le dire à Didier, mais c'est elle qui me fiche ces maudits coups de pompe ! Je ne sais pas ce qu'ils mettent dans leurs ondes, mais ça me fout par terre. J'arrête !

Ma mère me fit part au téléphone, discrètement, de ta décision. Après quelques jours sans Tiny-Scan, tu te mis à respirer de plus en plus mal. Je revins à Villefranche, quasiment décidé à tout t'avouer. Mais je te trouvai assis dans ton fauteuil, la petite boîte bleue en bandoulière, bien posée sur le plexus, me chantant ses louanges et ses bienfaits stimulants. Je vis qu'elle n'était pas allumée. Que faire ?

En plein dilemme, j'allai chercher comme souvent l'inspiration dans la mer. Au bout d'un kilomètre de crawl, je pris la décision de te faire crédit. De respecter la comédie que tu me jouais. D'être moi aussi poli, malin, confiant.

Quand je revins à l'appartement, les pompiers étaient là. Pendant que je nageais en déclarant forfait, tu avais eu un malaise foudroyant, un choc toxique inexplicable. On te conduisit à l'hôpital de Monaco, d'où tu ne revins pas.

Un an après ta mort, sur la table de salle à manger que tu aimais tant squatter avec tes dossiers, je viens d'écrire ces lignes. J'en emporte l'écho dans la mer, mais pas à Villefranche, cette fois. A Nice, dans ce lieu porte-conseil que j'appelle « la Baie des Cendres ». Là où toujours la vie me ramène en cas de tempête. Là où, après ton coup de fil de producteur américain aux Editions du Seuil, j'avais séché les cours d'hypokhâgne, avant d'écrire à mes profs une lettre de démission qui m'avait donné tant de plaisir.

Ce n'est pas la plus belle plage du monde, cette étendue de galets mornes au pied de l'opéra de Nice, mais c'est là que l'imaginaire d'une autre m'a fait, à vingt ans, le plus inattendu des cadeaux.

Un jour de décembre où, toujours entre deux refus d'éditeur, je crawlais seul dans l'eau glacée, je vis une silhouette familière descendre l'escalier de la Promenade des Anglais et marcher vers la mer. Hélène était en lettres modernes à la fac où, en échange des réductions offertes dans les cinémas par ma carte d'étudiant, je faisais de la figuration intermittente. Elle préparait un mémoire où elle soutenait, au grand désarroi de ses professeurs, que Romain Gary et Emile Ajar étaient une

241

seule et même personne, au motif que le mot russe « ajar » veut dire « braise » et que « gary » signifie « brûle ». Seule à défendre sur la Côte d'Azur une vérité qui éclaterait deux ans plus tard dans la presse parisienne, elle avait fini par me convaincre sur pièces, en comparant le désespoir, l'humour, les ruptures de ton et les élégances triviales qui alimentaient deux sources à partir de la même nappe phréatique.

Il faut dire qu'Hélène était la plus jolie fille de la fac. Elle était cinglante, lumineuse, très grave, mais ne prenait au sérieux que ce qui la faisait rire. Elle ressemblait à Monica Vitti dans *L'Avventura*, et elle boitait. Quand on s'extasiait sur son physique, elle répondait : « Je suis un canon avec une roue voilée. » La polio lui avait laissé ce qu'elle appelait avec une dérision magnanime « un souvenir d'enfance ».

J'étais fou amoureux d'Hélène qui, des genoux à la tête, était bien trop belle pour moi. Le jour où j'avais tenté de l'embrasser, elle m'avait répliqué, dans un élan de simplicité brutale, qu'elle ne voulait pas de ma pitié. J'avais pris cela pour un réflexe d'orgueil, mais c'était peut-être une façon délicate de me faire comprendre que je ne lui plaisais pas. En revanche, elle aimait bien partager avec moi celui qu'elle appelait « l'auteur de sa vie ». Je m'étais résigné et, pour pénétrer tout de même un peu de son intimité, je dévorais les romans de Gary et les œuvres signées Ajar, qui en étaient pour elle le « versant non exposé ». Quand une femme aimée se refuse, il arrive qu'elle vous offre ainsi, en cadeau de consolation, un présent qui ne vous quittera plus. Le suicide de Gary, huit jours plus tôt, nous avait laissés orphelins. Doublement orphelins.

Ce jour-là, elle avançait résolument vers moi, boitant bas sur la plage, mais un œil étranger aurait pu accuser les galets qui roulaient sous ses pieds. Je nageai vers le rivage. Elle tenait ce qui finit par m'apparaître comme un pot de Nesquick. Elle défit sa robe de laine. En culotte et soutien-gorge parme, je la vis entrer dans l'eau sans un frisson, comme si nous étions au mois d'août. Elle ouvrit devant moi son pot de Nesquick, et me dit le plus naturellement du monde :

– Emile Ajar.

Mon imagination s'emballa aussitôt. Avait-on incinéré Gary, s'était-elle rendue au crématorium, avait-elle réussi à prélever un demi-pot de cendres qu'elle avait baptisé du pseudonyme de son écrivain préféré ? Pouvait-on isoler après la mort ce qui relevait d'Ajar dans l'âme de Gary, ou suffisait-il de le décider arbitrairement ?

– J'ai réduit en cendres *La Promesse de l'aube* et *Gros-Câlin*, expliqua-t-elle, et je les ai mélangés.

Son Gary favori et son Ajar le plus cher. Elle allait les disperser ensemble ; ainsi, même si elle avait tort, Emile et Romain seraient liés à jamais. J'étais le témoin de leur réunion posthume.

On vida le pot de Nesquick, saupoudrant les vagues avec le secret du pseudonyme de celui qui, à notre âge, dans les années trente, alors qu'il ne s'appelait encore que Romain Kacew, nageait ici même trois kilomètres chaque matin, pour détourner son énergie des filles qu'il n'osait pas draguer.

Puis, à ma grande surprise, Hélène plaqua son corps contre moi et approcha ses lèvres de mon oreille.

– A leur mémoire, chuchota-t-elle.

Ses doigts descendirent mon slip de bain le long de

mes cuisses. J'étais fou de bonheur et consterné d'avance : n'avait-elle lu nulle part que les garçons ont un peu de mal à faire l'amour dans une eau à quinze degrés ? Mais dans la mer, nous étions à égalité : elle ne boitait pas.

Durant l'angine qu'on partagea à distance, les jours suivants, on se promit de revenir ici en pèlerinage à chaque anniversaire de notre incinération littéraire – toutefois j'obtins que ledit anniversaire, pour des raisons climatiques, soit avancé d'un semestre. Notre premier Mercredi des Cendres tomberait au mois de juin.

Six mois plus tard, je revins seul sur la plage. Hélène était tombée amoureuse d'un doctorant qui préparait une thèse sur Chateaubriand. Je ne la vis plus jamais sur la plage de l'Opéra. Des années durant, je continuai à célébrer notre anniversaire en solitaire : je restais fidèle pour deux à Gary-Ajar et au pot de Nesquick, avec la nostalgie de faire cendres à part.

La fée incinératrice m'a oublié. Je sais, par une relation commune, qu'elle est aujourd'hui mère de famille à Sisteron, qu'elle s'occupe du restaurant de son second mari et qu'elle n'a plus le temps de lire. Mais me sentir oublié n'a jamais atténué ma mémoire. En perdant Hélène, j'ai gardé pour auteur de chevet celui que, le 10 décembre 1980, nous avions dispersé pour mieux le réunir. Celui qui, sous ses deux noms de plume, le feu et la braise, continue de nous répéter, par-delà ses cendres imaginaires : « L'humour est une déclaration de dignité, une affirmation de la supériorité de l'homme sur ce qui lui arrive. »

Aujourd'hui encore, chaque fois que je bois la tasse en me baignant devant l'opéra de Nice, j'avale un peu de Gary, un peu d'Ajar, au souvenir d'une lectrice clairvoyante qui, un matin d'hiver, avait su réconcilier dans mes bras le chagrin et le rire, le désir et l'eau froide, le suicide et la vie.

*

Je ne t'ai pas oublié, durant cette évocation. Au contraire. J'aimerais bien que tu aies retrouvé dans l'au-delà ton ancien condisciple du lycée Masséna. J'espère que tu lui as enfin pardonné de t'avoir ridiculisé au championnat de ping-pong 1932, l'année de vos dix-huit ans, et que si, désormais, il vous arrive de travailler ensemble, Romain Gary te donne des leçons de style en échange de quelques cours de bonheur.

Allez, papa, on va se quitter. Tu reviens quand tu veux, bien sûr, mais il faut que je retourne à mes fictions, toi à tes chantiers posthumes. Je ne veux ni t'accaparer, ni te bloquer sur terre, ni prendre pension dans ta mémoire. D'autres personnages m'attendent, d'autres histoires à raconter. D'ailleurs je sens bien que tu me les réclames.

On s'est tout dit ? Non, évidemment, mais on continuera dans l'intimité. Si tu le souhaites. Si je ne te retiens pas, si la façon dont je pense à toi est compatible avec ton évolution. Ici-bas, au fil des épreuves, des souffrances, des renaissances et des morts successives, tu as toujours préféré faire plaisir que pitié. Tu ne voulais pas qu'on te pleure : j'accomplis ta volonté et je te ris. Je n'ai pas de mérite. Jamais je n'aurais cru que ton âme diffuserait en ton absence une telle joie. Une telle force motrice.

Je te sens jubiler, monter sur tes grands chevaux, t'emballer par procuration quand tu viens te promener dans les vibrations terrestres ; je sais que tu trimes avec moi quand j'écris, je reconnais ton impatience, ta boulimie d'histoires, ton imagination brouillonne et tes mises en forme un peu trop pointilleuses. Je continue de voir le monde avec tes yeux ; tu as toujours table ouverte dans ma vie, et tu stimules mon appétit. Il y a des défunts dont il vaut mieux retirer le couvert, et d'autres qui demeurent d'excellents convives.

Tu vas tellement bien depuis que tu as cessé d'être en retraite. La mort t'a rendu à la vie active, j'en suis intimement persuadé. Continue. Assume tes fonctions, au barreau de l'Au-delà. Obtiens des remises de peine. Défends les causes perdues, les misères oubliées. Et assiste. Encore. Aide les créateurs en herbe, en manque, en souffrance, en jachère ou en déshérence dont tu as fait partie. Vis ta mort à plein régime. L'énergie que tu savais si bien communiquer, diffuse-la sans limites. Qu'elle soit reçue par tous ceux qui sauront la transformer en l'amplifiant, pour te rendre de plus en plus efficace. C'est tout ce que je demande pour toi, égoïstement, à ce Dieu en qui tu croyais si gaiement. Pas un Dieu de prêt-à-prier ; un Dieu de haute culture. Une force d'invention, de compréhension, d'amour en connaissance de cause.

*

Je t'ai pris pour père à huit ans, après t'avoir renié. Et je t'ai adopté à nouveau, depuis que tu es mort. A présent, je te rends ta liberté. Je te laisse à tes nouveaux amis, à tes futurs clients, tous ceux qui, j'espère, seront venus à toi par ce livre.

Quant à moi… « Votre père était si fier de vous », disent les gens. Ce n'est pas si simple, et c'est bien pire. Tu as fait de moi, dès l'enfance, un être totalement libre – mais libre de réaliser tes rêves en ayant l'impression d'inventer sa vie. Et ce n'est pas terminé, j'espère.

En m'insufflant ton humour et ton imaginaire, en

m'inoculant ton goût pour l'écriture, le théâtre, la chanson et le surnaturel, en m'encourageant à papillonner longtemps de femme en femme sans m'alourdir de chaînes précoces, tu t'es arrangé, plus ou moins consciemment, pour que je maintienne ton cap sur des routes que tu n'avais pas eu les moyens de suivre. En me laissant toujours l'illusion du libre arbitre, tu as fait de moi ce que j'ai voulu, c'est-à-dire celui que tu aurais pu être. La seule vraie différence entre nous, finalement, par rapport à la création, c'est que tu es resté toute ta vie un amateur, tandis que, dès mes sept ans, pour te faire la surprise avant que tu meures, je suis passé professionnel.

Quarante ans durant, à travers mes défis, mes chimères, mes réussites et mes erreurs, ma rigueur et mes folies, mes sacrifices et mes plaisirs, j'ai repris le rôle que tu avais travaillé, dans ta réalité mais surtout dans tes rêves. Pour le meilleur et pour le pire, j'ai voulu te réincarner de ton vivant.

Que faire, maintenant, sinon continuer, le cœur gros et l'âme légère ? Continuer à créer, à jouer, à représenter. Tu ne seras plus mon assistant metteur en scène, mais tu resteras toujours mon souffleur.

Didier van Cauwelaert
dans Le Livre de Poche

L'Apparition   nº 15481

Le 12 décembre 1531, l'image de la Vierge Marie apparaît devant témoins sur la tunique de Juan Diego, un Indien aztèque. Quatre siècles plus tard, des scientifiques découvrent, dans les yeux de cette Vierge, le reflet des témoins de l'apparition.

Attirances   nº 30875

Un écrivain harcelé par l'étudiante qui lui consacre une thèse ; un peintre qui s'accuse de tuer les femmes à distance avec ses pinceaux ; une maison qui envoûte jusqu'à la folie ceux qui s'y attachent… Faut-il résister à l'attirance ? Et si l'on y cède, est-ce pour se fuir ou pour se retrouver ?

Cheyenne   nº 13854

On peut tomber amoureux à onze ans, et pour la vie. C'est ce qui est arrivé au héros de ce livre. Dix ans plus tard il a retrouvé Cheyenne, le temps d'une nuit trop brève à l'issue de laquelle elle a disparu.

Cloner le Christ

C'est la plus grande énigme du monde, ou la plus belle arnaque de tous les temps. De la quête du Saint-Graal aux manipulations génétiques, le sang de Jésus n'a jamais nourri autant de fantasmes qu'à notre époque, où certains voudraient remplacer l'eucharistie par le clonage. Mais quelle réalité se cache derrière ces fantasmes ?

Corps étranger

Peut-on changer de vie par amour, devenir quelqu'un de neuf sous une autre identité, sans sacrifier pour autant son existence habituelle ? C'est ce que va oser Frédéric.

La Demi-Pensionnaire

Que faire lorsqu'on tombe amoureux d'une jeune femme au cours d'un déjeuner, et qu'on découvre au dessert qu'elle se déplace en fauteuil roulant ?

L'Education d'une fée

Que faire lorsque la femme de votre vie décide de vous quitter parce qu'elle vous aime ? Comment sauver le couple de ses parents quand on a huit ans ? Une fille à la dérive peut-elle devenir une fée parce qu'un petit garçon a décidé de croire en elle ?

L'Evangile de Jimmy

Je m'appelle Jimmy, j'ai 32 ans et je répare les piscines dans le Connecticut. Trois envoyés de la Maison-Blanche viennent de m'annoncer que je suis le clone du Christ.

Hors de moi

J'ai tout perdu, sauf la mémoire. Il m'a volé ma femme, mon travail et mon nom. Je suis le seul à savoir qu'il n'est pas moi : j'en suis la preuve vivante. Mais pour combien de temps ? Et qui va me croire ?

Karine après la vie

Karine a 27 ans. Elle s'apprête à partir en vacances avant d'entrer dans la vie active. Un accident de voiture en décide autrement. Ses parents sont brisés par le drame. Jusqu'au jour où ils commencent à recevoir des messages…

Rencontre sous X

Elle est la star montante du X. Il est une gloire déchue du foot. A 19 ans, ils ont tout connu, tout défié, tout subi. Au milieu des marchands d'esclaves qui transforment les êtres humains en produits dérivés, ils vont se reconnaître, se rendre leurs rêves, leur rire, leur dignité.

Un aller simple

Aziz est né de parents inconnus. Recueilli par les tsiganes des quartiers nord de Marseille, il a grandi sous la nationalité marocaine, n'ayant pas les moyens de s'offrir un faux passeport français. Sa vie bascule le jour où le gouvernement décide une grande opération médiatique de retour au pays. Le voilà confié à un jeune et idéaliste « attaché humanitaire ».

L'un, Simon, vendeur de jouets dans un grand magasin, est désespéré de ne pouvoir donner d'enfant à sa femme. L'autre, François, homme d'affaires impitoyable au pouvoir immense, a toujours refusé d'être père. Quelle relation s'établit entre ces deux hommes que tout sépare, et qui n'auraient jamais dû se rencontrer ?

La Vie interdite n° 14564

« Je suis mort à sept heures du matin. Il est huit heures vingt-huit sur l'écran du radio-réveil, et personne ne s'en est encore rendu compte. » Ainsi commence l'aventure de Jacques Lormeau, trente-quatre ans, quincaillier à Aix-les-Bains.

Du même auteur :

ROMANS

Vingt ans et des poussières, Le Seuil, 1982, prix Del Duca

Poisson d'amour, Le Seuil, 1984, prix Roger-Nimier

Les Vacances du fantôme, Le Seuil, 1986, prix Gutenberg du Livre 87

L'Orange amère, Le Seuil, 1988

Un objet en souffrance, Albin Michel, 1991

Cheyenne, Albin Michel, 1993

Un aller simple, Albin Michel, 1994, prix Goncourt

La Vie interdite, Albin Michel, 1997, Grand Prix des lecteurs du Livre de Poche 1999

Corps étranger, Albin Michel, 1998

La Demi-Pensionnaire, Albin Michel, 1999, Prix Femina Hebdo du Livre de Poche 2001

L'Éducation d'une fée, Albin Michel, 2000

L'Apparition, Albin Michel, 2001, Prix Science Frontières de la vulgarisation scientifique 2002

Rencontre sous X, Albin Michel, 2002

Hors de moi, Albin Michel, 2003

L'Évangile de Jimmy, Albin Michel, 2004

Attirances, Albin Michel, 2005

RÉCIT

Madame et ses flics, Albin Michel, 1985 (en collaboration avec Richard Caron)

ESSAI

Cloner le Christ ?, Albin Michel, 2005

THÉÂTRE

L'Astronome, prix du Théâtre de l'Académie française – *Le Nègre – Noces de sable – Le Passe-Muraille*, comédie musicale (d'après la nouvelle de Marcel Aymé), Molière 97 du meilleur spectacle musical.

A paraître aux éditions Albin Michel.

www.livredepoche.com

- le **catalogue** en ligne et les dernières parutions
- des **suggestions de lecture** par des libraires
- une **actualité éditoriale permanente** : interviews d'auteurs, extraits audio et vidéo, dépêches…
- **votre carnet de lecture** personnalisable
- des **espaces professionnels** dédiés aux journalistes, aux enseignants et aux documentalistes

Composition réalisée par IGS-CP

Achevé d'imprimer en janvier 2009 en Espagne par
LITOGRAFIA ROSÉS S.A.
Gava (08850)

Dépôt légal 1re publication : février 2009
Librairie Générale Française – 31, rue de Fleurus – 75278 Paris Cedex 06

31/2766/9